AF279928

Sandy Jud

Jud im Zug

Sandy Jud

Jud im Zug

oder

von der Suche nach

dem ganz grossen Glück

STAR GMBH

Bibliografische Information der Deutschen Nationalbibliothek:
Die Deutsche Nationalbibliothek verzeichnet diese Publikation in der Deutschen Nationalbibliografie; detaillierte bibliografische Daten sind im Internet über http://dnb.dnb.de abrufbar.

© 2025 Sanju Star GmbH, Sandy Jud

Konzept und Realisation, Text und Abbildungen/
Gesamtverantwortung: Sandy Jud
Layout Umschlag und Inhalt: Sandy Jud
Bild Umschlag: Andreas: adege by Pixabay
Verlag: BoD · Books on Demand GmbH, In de Tarpen 42, 22848 Norderstedt,
bod@bod.de
Druck: Libri Plureos GmbH, Friedensallee 273, 22763 Hamburg

ISBN: 978-3-7693-9830-4

Für jeden Einzelnen,
in einer Welt aus vielen.
Auch für dich.

Danke für das viele Glück.

Zur Autorin

Sandy Jud wurde 1982 am Zürichsee geboren, wo sie auch heute noch lebt.

Sie hat schon viel ausprobiert in ihrem Leben. Gestartet als Drogistin, war sie u.a. als Koordinatorin für Telefonbücher zuständig, plante Photovoltaikanlagen, verkaufte Backwaren und Gemüse und arbeitete auf verschiedenen Baustellen in der Schweiz.

Heute ist sie als Visagistin und Dozentin tätig, malt grosse Acrylgemälde, illustriert Kinderbücher und schreibt leidenschaftlich gerne Kolumnen und Kurzgeschichten über alltäglich Sonderbares.

Dies ist eine überarbeitete Neuauflage ihres allerersten Buches, welches damals in einem deutschen Verlag erschienen ist.

Weitere Infos zu Sandy Jud findet man unter www.sanjustar.com.

Vorwort

Vor über zehn Jahren habe ich dieses Buch geschrieben. Ein Bestseller sollte es werden, aber hallo! Mittlerweile sind unzählige Texte dazugekommen und haben in meinen „Spitze Feder-Büchern" Heimat gefunden. Aber wie es so ist; am Allerersten, hängt man eben irgendwie am allermeisten. Und so habe ich mich entschlossen, ihm nach all der Zeit neues Leben einzuhauchen. Einiges habe ich überarbeitet, vieles ersatzlos gestrichen, manches ganz einfach so belassen. So auch das damalige Vorwort, aber lies selbst…

Hallo. Schön, dass du da bist. Ich wollte schon immer mal ein Buch schreiben. Eines, von dem ich dann stolz meiner Familie und meinen Freunden berichten kann. Hey, es steht im Buchladen und es gibt sogar Menschen, die es kaufen und lesen. Nur bin ich bis anhin immer an meiner gnadenlosen Selbstüberschätzung gestrauchelt.

Ich wollte gerne einen Roman schreiben, ein tausendseitiges Ungetüm, spannend von der ersten

Seite an und packend bis zum Schluss. Tja, wollte ich. Bloss bin ich jemand, der sehr ungeduldig ist, die ganze Spannung in die ersten fünf Seiten hineinpackt und alles schon zu Beginn erzählen will. Bis zur zehnten Seite bin ich dann jeweils gar nicht mehr gekommen...

Aber ich hatte nun mal diese fixe Idee ein Buch zu schreiben. Also habe ich, wie die meisten das so machen, klein angefangen. Mit Blogs. Ja genau, diese kurzen Geschichten über alles und jeden im Internet. Aber nicht über Taschen, Klamotten oder Übergewicht, sondern über das Spannendste überhaupt, das Leben. Haben auch ein paar gelesen und ein paar fanden es auch ganz gelungen. Grund genug für mich, hier anzuknüpfen. Dann schreibe ich eben keinen Monumentalroman der die Welt verändert, sondern ein handliches Buch mit lauter Kurzgeschichten. Dann kann ich, getreu meinem Charakter, die ganze Spannung und die halbe Story auf wenigen Seiten zum Besten geben. Fertig, aus, bumm, tätsch, neue Geschichte. Tiptop, genauso mache ich das.

Und wenn dir mal eine Geschichte nicht gefällt, dann ist sie schnell zu Ende gelesen und du kannst dich der nächsten widmen. Oder du blätterst einfach weiter, ohne den Faden der Geschichte zu verlieren. Hat ja auch Vorteile.

Mich hat mal ein Kollege gefragt, welches Publikum ich denn damit ansprechen will. Ich denke dieses Buch ist für all diejenigen, die zu faul sind, einen dicken Roman zu wälzen (oder schlichtweg keinen Bock haben den mit sich rumzuschleppen), aber eben doch mehr als zwanzig Minuten Lesevergnügen wollen.

Und in diesem Sinne wünsche ich dir viel Spass mit meinen Kurzgeschichten. Wovon sie handeln? Vom Glück! Von der Suche nach dem Glück, vom Erkennen des Glücks. Von den kleinen Glücksmomenten und dem ganz grossen Los. Vom glücklich sein und glücklich werden. Alles schön verpackt in einer langen Zugfahrt. Weil Züge wie das Leben sind. Sie stehen nie still. Leute kommen und gehen, manche verweilen, andere haben's verdammt eilig. Und es gibt immer was zu sehen und zu berichten!

Also auf geht's, auf dass das Glück uns hold ist!

Von einer langen Zugfahrt und der Suche nach dem ganz grossen Glück

Ich bin heute Morgen aufgestanden und habe beschlossen, heute Glück zu haben. Wie das gehen soll? Keine Ahnung. Aber ich bin nach wie vor der festen Überzeugung, dass mein Glück mich heute finden wird. Bis jetzt ist allerdings noch nichts passiert. Okay, ich stehe noch immer am Bahnhof, es ist noch immer früh am Morgen. Das Glück hat noch jede Menge Zeit. Es wird kommen, ich weiss es…

Ich bin wie immer viel zu früh am Bahnsteig und obwohl ich den neuen warmen Mantel und meine dicken Winterstiefel trage, friere ich. Ich hasse kalte Füsse und die habe ich eigentlich ständig. Auch Lammfellsohlen und Alpakasocken haben keine wirkliche Wärme gebracht. Ich schlinge meine Arme um meinen Körper und vergrabe mein Gesicht in meinem Schal. Es wird kommen, ich weiss es, mein Glück…

Bloss, in welcher Form? Werde ich es erkennen, wenn es vor mir steht? Glück. Was genau ist das denn? Ein Kleeblatt, ein Marienkäfer, eine Strähne, ein Sechser im Lotto, den Partner fürs Leben, der ab-

solute Traumjob, Familie, gute Freunde? Was soll das denn sein?

Und wieso haben es die einen, während die anderen es verzweifelt suchen? Ist Glück eine Ansammlung richtiger Begebenheiten? Zur richtigen Zeit am richtigen Ort? Also reiner Zufall? Oder ist Glück eine Einstellung, ganz generell zum Leben? Was ist Glück für dich? Was ist Glück für mich? Was ist Glück für deinen Nachbarn, den Typen im Supermarkt an der Kasse, was, für die Dame vis à vis?

Für all diese Menschen, die Statisten, die das Leben mir zur Seite stellt. Was bedeutet Glück für sie? Soll ich einfach mal einen danach fragen? „Hey, hallo, Sie da! Was ist Glück für Sie?" Der hält mich ja für total bescheuert. Irgend so eine Irre, die früh am Morgen am Bahnhof einen solchen Käse fragt…

Der Zug fährt ein und ich erwische einen Sitzplatz am Fenster. Ist das mein heutiges Glück? Der Sitz am Fenster? Ich hoffe doch nicht. Und doch, ein kleines Glück ist es ja schon. Vielleicht muss man Glück ganz einfach kumulieren, um glücklich zu sein? Vielleicht sind es gerade die kleinen Dinge des Alltags, die glücklich machen, Glück bedeuten? Nicht der ganz grosse Gewinn, nicht die Hundertachtzig-Grad-

Drehung im Leben. Also, mal sehen. Der Wecker hat geklingelt, Glück gehabt. Der Zug ist pünktlich gekommen, Glück gehabt. Ich habe einen Sitz am Fenster, Glück gehabt. Ich habe kalte Füsse... na ja egal.

Ich beobachte die Menschen um mich herum und stelle mir vor, was es wohl für sie heisst, glücklich zu sein. Zum allerersten Mal gebe ich diesen Unbekannten Raum in meinem Kopf. Die Statisten wurden soeben befördert, sind nun für hier und jetzt Protagonisten.

Also auf geht's Leute, was bedeutet Glück für euch?

Sofie

Ich räkle mich selig. Es ist noch früh am Morgen. Vielleicht ist es aber auch Wochenende, denn er bleibt liegen neben mir. Ich weiss es nicht. Ich spüre, wie er sich umdreht, nehme seinen Atem wahr. Einatmen, Ausatmen, Einatmen, Ausatmen. Ruhig, wohlig. Auch er scheint den Moment zu geniessen. Ein kleiner Sonnenstrahl scheint durch einen Schlitz der noch zugezogenen Vorhänge und kitzelt mir die Nase. Ich drehe und winde mich, strecke alle meine Gliedmassen von mir. Mein Gesicht ist nun ganz nah an seinem. Er blinzelt und beobachtet mich. Das macht er gerne und ich geniesse es, von ihm beobachtet zu werden.

Ich spüre seine warme Hand auf meinem Bauch. Meine kleinen feinen Härchen stellen sich auf und ein wohliger Schauer durchdringt meinen Körper.

Meine Gedanken schweifen ab, zum vergangenen Abend, zur gestrigen Nacht. Ich war auf der Piste, wieder einmal und wie immer ohne ihn. Das ist mein Ding, da muss ich allein sein, da will ich niemanden dabeihaben. Ich habe die Sterne gezählt und die klare Nachtluft geatmet. Mich lebendig gefühlt. Lebendig, aber auch einsam und allein.

In den frühen Morgenstunden bin ich zu ihm ins warme Bett gekrochen, es schien mir fast, als hätte er auf mich gewartet. Im Halbschlaf hat er mich in seine Arme geschlossen, meinen Namen gemurmelt. Ich habe mich an ihn geschmiegt, wir sind gemeinsam eingeschlafen. Auch wenn es Momente in unserem Leben gibt, in denen wir nicht dieselbe Sprache zu sprechen scheinen, wir aus zwei verschiedenen Welten sind, so hat in der gestrigen Nacht alles gestimmt. Er akzeptiert meine nächtlichen Alleingänge, es ist die normalste Sache der Welt.

Seine Hand wandert von meinem Bauch zu meinem Rücken. Ich bin Wachs in seinen Händen. Sanft streift er meinem Körper entlang zu meinem Nacken, seine Finger graben sich in meine kurzen Haare. Ich liebe es, wenn er das macht, und er scheint es genauso gerne zu machen, wie ich es liebe. Er zeichnet die Konturen meiner Ohren nach, das kitzelt. Er berührt meine Nase, lächelt ganz leise, wenn ich kleine, feine Laute von mir gebe.

Es muss wohl tatsächlich Wochenende sein, denn er bleibt liegen. Normalerweise hastet er unter die Dusche, wenn dieser schrille Ton erklingt, den ich so verabscheue. Mich kriegt keiner frühmorgens unter eine kalte Dusche! Ich bleibe liegen und geniesse die Restwärme, seine Wärme in unserem Bett.

Meistens herrscht frühmorgens Hektik und er hat kaum Zeit für mich. Frühstücken muss ich allein, denn wenn ich aus dem Bett komme, ist er schon weiss ich wo. Dafür warte ich abends auf ihn, wenn er nach Hause kommt. Und ich habe den Eindruck, dass er sich, auch nach all der Zeit noch, jedes Mal ehrlich freut, mich zu sehen.

Er erzählt mir von seinem Alltag. Er weiss, dass ich davon nichts verstehe, aber das scheint ihn nicht zu kümmern. Meine Anwesenheit und meine Aufmerksamkeit scheinen ihm zu genügen.

Er zieht mich sanft zu sich und ich lasse es geschehen. Bei ihm fühle ich mich geborgen. Ich

liebe es, wenn er mich mit seinen Händen lieb-
kost, mich überall streichelt. Diese Momente sind
kostbar und ich würde sie um nichts in der Welt
eintauschen wollen.

Ich liege neben ihm, geniesse die Stille, den
Frieden, geniesse ihn und denke mir:

Glück ist, sein warmes Bett mit jemandem,
den man liebt, teilen zu können.

**Ich bin Sofie, drei Jahre alt, und ich bin hier die
Katze.**

Ich beobachte die Katze in der Transportbox, die ab und zu ein leises „Miau" von sich gibt. Und seltsamerweise müssen alle Leute schmunzeln und lächeln hinter ihren Zeitungen hervor, wenn sie diesen Laut vernehmen.

Kann denn Glück auch ein Geräusch sein? Ein vertrauter Ton, ein Bellen, ein Miauen, ein Lachen? Welches Geräusch bedeutet Glück für dich? Für mich ist es das Gemuckere meiner Frettchen, das Geräusch, wenn sie über die Fliesen springen, ein Donnern, wenn ich im Bett liegen kann, eine Durchsage im Flugzeug, ein Lied, welches mich an spezielle Momente erinnert. Dann krieg ich jeweils so ein warmes Gefühl in der Magengegend. Ob das Glück ist?

Ich gehe im Kopf meinen Tag durch und versuche mir vorzustellen, wo und wann ich mein Glück heute treffen werde. Im Bus? In der Sitzung um zehn? In der Mittagspause um zwölf? Im Büro ganz allgemein? Oder ganz überraschend auf der Strasse? Oder ist mein Chef mein Glücksbringer heute? Vielleicht krieg ich ja eine Gehaltserhöhung? Ja, wer weiss…

Aber ich schweife ab. Die Türen öffnen sich erneut und eine Dreiergruppe Jugendlicher betritt den Zug, *bleibt aber bei der Türe stehen. Thema? Die heutige Prüfung in Geografie. Spannend. Was ich allerdings nun zu hören bekomme, ist jenseits von Gut und Böse. Thema der Prüfung? Zähle die Kanarischen Inseln auf. Oh Klasse, darin bin ich gut, wollte ich doch mit dreizehn Jahren dorthin auswandern. Also haben die Kids angefangen aufzuzählen.*

Gran Canaria. Jep, einen Punkt für dich, mein Guter. „Die rechteste der Inseln ist unbewohnt!", hat der coole Bursche mit dem Käppi voller Überzeugung gesagt. Und alle haben anerkennend genickt.

Die rechteste der Inseln ist was? Lanzarote, unbewohnt? Na grossartig. Also sieben Inseln müssen es sein. Da wären dann noch Ibiza, Madeira und Balearen. Super. Balearen ist eine Insel… Dann fehlen ja nur noch vier. Die Azoren vielleicht noch gefällig? Wie wäre es noch mit der Karibik? Schon mal zuhause den Atlas in die Hand genommen, Freunde?

Das Mädchen mit der Kunstlederjacke, dem bauchfreien Top und den Converse Turnschuhen (es ist Winter, kein Wunder haben die Mädels alle eine Blasenentzündung), kramt in seiner Handtasche, nimmt einen Handspiegel heraus und beginnt sich erneut die Lippen zu schminken. Die Jungs sind überzeugt, die

Kanaren, also wenigstens einen Teil davon, aufgezählt zu haben und sind guter Dinge. Und ich? Ich wundere und amüsiere mich. Und nicht nur ich. Auch die Frau gegenüber staunt nicht schlecht, ob dieser miserablen Geografiekenntnisse.

Ihr Gesichtsausdruck spricht Bände. Die Augenbrauen ziehen sich zu einem Fragezeichen nach oben und der Blick geht zum Fenster raus.

Na dann, Leute, viel Glück an der Prüfung!

Maike

Diese Jugendlichen! Haben die denn gar nichts gelernt in der Schule? Balearen, die Kanaren! Ich kann es nicht fassen! Aber Hauptsache, wir sehen toll aus…

Ich kann mich noch gut an meine Schulzeit erinnern. Klar, das ist Jahrzehnte her, aber gewisse Dinge ändern sich doch nie, oder? Schwimmen, das habe ich gehasst wie die Pest. Immer diese brennenden Augen und die Ohren erst! Nein, ich war wahrlich keine Wasserratte.

Das Einzige, was noch schlimmer als Schwimmen war, war Mathematik und Französisch. Frühmorgens, halbwegs wach für die Muttersprache, für Mathe und Franz aber noch lange nicht empfänglich. Und das ALLERSCHLIMMSTE war, in Mathe nach vorn zu müssen, um auf dem Projektor Aufgaben zu lösen. Vor der ganzen Klasse! Also ehrlich, wenn's mit Zahlen anfängt, hört's bei mir eben auf. Sich die Blösse geben zu müssen, es nicht verstanden zu haben – grausam!

Und diese elenden Französisch-Dialoge! René, Simone et François à la gare de lion … on y va! Kennt wohl jeder, der in der Schweiz in den letzten zwanzig bis dreissig Jahren zur Schule gegangen ist. Ganz genau wie dieses Kochbuch, den Tiptopf, den hat auch jeder zuhause… wo habe ich dieses blöde Franz-Buch bloss hingetan? Egal. Die Karriere des Dolmetschers konnte ich abschreiben, aber halb so wild, wollte ich ohnehin nie wirklich werden.

Was war denn da noch? Handarbeitsstunden mit Handschuhen stricken. Horror! Im Werkunterricht einen Regiestuhl zimmern. Grausam! Blockflötenunterricht und Singen!

Die junge Frau gegenüber mustert mich interessiert. Ich habe wohl gerade zu laut gelacht…

Doppelstunde Sport mit Reck und Barren. Felgaufzug; hab ich nie hinbekommen. Ich hing jedes Mal wie ein nasser Sack an der Stange, bis die Sportlehrerin Erbarmen hatte und mich erlöste. Alle gegen alle? Kegel-Völk? Cool! Das war der Völkerball, bei dem man seinen Mitschülern mal so ordentlich eins ins Schienbein pfeffern konnte. Oder doch lieber Deutsch? Dativ, Genitiv, Definitiv? Ok, zugegeben, auch diese Zeit hatte durchaus ihren Reiz.

Ich betrachte die drei Jugendlichen erneut und staune, wie schnell die Zeit vergeht. Ich bin weder Dolmetscherin noch Schwimmtalent geworden, arbeite in einer Anwaltskanzlei und bin ganz zufrieden damit. Sie lachen die drei. Haben keinen blassen Schimmer von der Welt da draussen. Aber scheint es sie zu stören? Nicht im Geringsten. Sie lachen und sind glücklich. Bin ich denn auch glücklich?

Ja, ich denke schon. Irgendwie.

Glück ist, es im Leben doch noch zu was gebracht zu haben.

Ich bin Maike, 38 Jahre alt und schwelge gerade in Erinnerungen.

Die Frau gegenüber lacht unverhofft laut heraus und auch ich muss mich beherrschen. Ich glaube, es ist ihr peinlich. Sie schaut weiter aus dem Fenster und lacht nun leise in sich hinein.

Vielleicht haben die drei Jugendlichen lustige Erinnerungen in ihr geweckt? Da kommt mir spontan in den Sinn, dass ich schon mal Zeuge von toller Allgemeinbildung werden durfte im Zug.

Damals hat die eine Freundin die andere nach dem Auto-Kennzeichen BL gefragt und diese hatte lauthals geantwortet:

„Hey Mann, du Bitch! Bisch blöd, oder was? Das isch doch de Kanton BIEL!"

Aha. Sehr schön.

Rösli

Es wird schwierig werden, keine Frage. Hoffentlich gelingt es mir auf Anhieb, ohne mich dabei der Lächerlichkeit preiszugeben. Alles geht so rasend schnell und ich merke mit Schrecken, dass ich nicht mehr hinterherkomme. Ich habe die Situation unterschätzt.

Früher war alles ganz anders. Auch bei uns lief alles schnell und ging vieles rasant zu und her, jedoch scheint die Welt nun eine andere zu sein. Fast so, als wäre sie auf der Flucht vor sich selbst. Die Herausforderungen früher waren elementarer, man konnte sie greifen, schmecken, festhalten und auch loslassen. Die Herausforderungen heute sind virtuell, omnipräsent und doch nie wirklich da, aber sie können einem durchaus in den Wahnsinn treiben.

Ich bin fasziniert davon und abgeschreckt zugleich. So soll die Welt nun funktionieren? Alles rast um mich herum. Überall läutet und klingelt, blitzt und funkelt es. Menschen laufen an mir vorbei, ohne Notiz von mir zu nehmen. Ich scheine gänzlich unsichtbar zu sein.

Hoffentlich geht heute alles gut. Hoffentlich steht die Zeit für einen kurzen Augenblick still, wenn es so weit ist. Damit auch ich eine reelle Chance habe, die Situation würdevoll zu meistern.

Früher war es ein Abenteuer. Es war aufregend und neu, man hatte dieses Kribbeln im Bauch und den Wind in den Haaren. Heute ist es purer Stress. Es scheint keinem mehr auch nur ein winziges Vergnügen zu bereiten. Es ist zu einem notwendigen Übel geworden, welches den Tag erleichtern soll. Was ist bloss mit der Welt geschehen?

Angst macht sich in mir breit, kriecht wie ein fauliges Getier meinen Rücken hinauf, nimmt mir jegliche Zuversicht und die nötige Kraft, diese Situation zu meistern. Es ist alles laut und grell, ich werde angerempelt und verliere beinahe das Gleichgewicht. Mir wird alles zu viel. War es ein Fehler?

Ich gehe in die Richtung, die mir der nette, junge Herr vorhin gezeigt hat. Langsam, ganz langsam nähere ich mich meinem vorläufigen Ziel. Früher war es doch auch kein Problem. Ich war stets eine Kämpfernatur gewesen und bin es doch noch immer! Ich habe viele schwierige Situationen in meinem Leben gemeistert. Wäre ja gelacht, wenn ich heute scheitern würde.

Der grosse Moment ist da und ich habe eine Gänsehaut. Seitdem meine Augen mich im Stich gelassen haben, erscheint mir der Alltag ohnehin beschwerlich, ja geradezu eine Last zu sein. Weshalb bloss mute ich mir so etwas zu? Man hat mir davon abgeraten, alle haben mir davon abgeraten, aber ich wollte es wissen, noch einmal in meinem Leben allein meistern. Die Luft scheint dünner zu werden, ich habe Mühe zu atmen. Ein leichter Schwindel überfällt mich und ich bin den Tränen nahe.

Ich spüre einen Luftzug, ein Zischen erklingt und die Durchsage ertönt: „Gleis 1, Einfahrt ihres Intercity Express." Die Türe geht auf und es scheint grad so, als wäre jemand in ein Bienennest getreten. Es schwirren tausende Leute um mich herum. Ich bin verloren.

Da höre ich eine Stimme neben mir, die mich fragt, ob ich Hilfe benötige und ein junges Fräulein mit langen roten Haaren und riesigen Kopfhörern um den Hals hält mir unverwandt ihren Arm entgegen. Als würde ein zehn Kilogramm schwerer Stein von meinem Herzen gestossen, lächle ich die junge Dame an und hänge mich dankbar ein.

Die schier unüberwindbare Spalte zwischen Perron und Zug, welche mir solch einen Kummer bereitet hat, wird auf einen Schlag vernichtend klein und ich marschiere hoch erhobenen Hauptes am Arm meiner Retterin in den Zug.

Die Zeit scheint tatsächlich einen kleinen Moment still zu stehen. Nur für mich. Die Leute um uns herum machen ein bisschen mehr Platz. Sie nehmen Notiz von mir. Ich bin nicht mehr verloren, ich bin jetzt zu zweit.

Und nun, da ich am Fenster sitze und die herrliche Winterlandschaft an mir vorüberzieht, denke ich mir:

Glück ist, Mitmenschen zu haben, die zwar oftmals weder sehen noch hören, aber die dennoch im rechten Moment deine Not erkennen.

Ich bin Rösli Zumbrunn, 92 Jahre alt und auf dem Weg zu meiner Enkeltochter.

Die alte Frau am Fenster weiter vorne nickt mir noch einmal dankend zu und winkt ganz sachte. Ich lächle und winke zurück. Gern geschehen. Sehr gern.

Was wäre das für eine trostlose Welt, in der man einander nicht mehr hilft? Vielleicht bin ich heute ihr Glück? Wenn ja, dann freut mich das sehr.

Obwohl wir bereits fahren, hetzen immer noch Leute umher. Sie sind auf der Jagd. Auf der Jagd nach ihrem Glück? Ich stülpe mir die Kopfhörer über die Ohren und höre leise Musik.

Ich schliesse meine Augen und zähle für mich im Geiste auf, welche Begebenheiten pures Glück in meinem bisherigen Leben waren. Partner. Pluspunkt. Familie. Pluspunkt. Freunde. Pluspunkt. Job. Pluspunkt - Mensch, ich bin ja ein richtiges Glückskind!

Kurt

Wenn ich heute an diese Zeit zurückdenke, stellen sich mir immer noch die Nackenhaare auf. Der Tag, an dem du von IHM nach Hause gekommen bist, mit dieser unglaublichen Hiobsbotschaft. Dieser Tag hat sich für immer in mein Gedächtnis eingebrannt. Ich muss fortan mit ihm leben, und weiss noch immer nicht wie.

Von diesem schrecklichen Tage an, warst du nicht mehr dieselbe. Du bist als meine Frau zu IHM gegangen, und als eine andere zu mir zurückgekehrt. Als hätte eine unsichtbare Hand dich mir ausgetauscht. Als wären wir blöde Puppen, in einem noch blöderen Puppenspiel gewesen.

Ich habe dich in dieser Zeit oft heimlich beobachtet, dich beim Fernsehen verstohlen von der Seite gemustert, deinen abwesenden Blick, deine in dich gekehrte Haltung mit Erschaudern registriert. Warst du dann jeweils in Gedanken bei IHM? Wie kann ein vertrauter Mensch auf einmal so fremd sein?

Du warst nicht mehr die Frau, die ich vor zweiundvierzig Jahren geheiratet habe. Der ich geschworen habe, sie ewig zu lieben. In guten wie in schlechten Zeiten für sie da zu sein. Ich war da, aber wolltest du das überhaupt?

Als du an diesem rabenschwarzen Tag von IHM nach Hause gekommen bist, um mir unter Tränen zu erzählen, dass unser gemeinsames Leben fortan nicht mehr weiterexistieren würde, dass alles, was wir uns über die Jahre aufgebaut haben, Lüge und Schein war, von dieser Minute an, war ich dir und deinen Launen hilflos ausgeliefert. Ich hätte alles für dich getan, für uns, aber du sperrtest mich aus. Wie einen räudigen Hund hast du mich vor die Türe gesetzt. Nein, das habe ich wahrlich nicht verdient.

Oft habe ich dich in dieser Zeit vor dem Spiegel gesehen. Diesen leeren Blick werde ich nie vergessen. Deine Augen wie Glas, leblos, gar tot. Die schier endlosen Diskussionen, die Tränen und das Unverständnis haben Spuren hinterlassen. Eine bleierne Müdigkeit hat uns in Watte gepackt. Wir waren beide mit der Situation total überfordert.

Ja, an diesen schrecklichen 23. August denke ich jeden Tag. Oftmals hätte ich dich am liebsten gepackt, dich wachgerüttelt, angeschrien, dir befohlen, um uns zu kämpfen. Ich habe dich gehasst für das, was du uns angetan hast, gehasst und verzweifelt geliebt. Du hättest es dir genauso wenig ausgesucht wie ich, aber es betraf nun mal dich! Und somit auch mich. Du hast mich mit in diesen Abgrund gerissen. Mitgegangen, mitgehangen. In guten wie in schlechten Zeiten.

Dein unsagbares Nichtstun, deine stumme Akzeptanz, machten mich rasend und hilflos zugleich. Ich kämpfte um dich, um uns. Wieso hast du es bloss nie getan?

Heute sitze ich hier im Zug und denke an dich. Du fehlst mir jeden Tag, aber heute ganz besonders. Hätte ich etwas anders machen können? Hätte ich mehr machen müssen? Dich öfters in die Arme nehmen, dich küssen und lieben? Hätte ich mehr für dich da sein müssen? Mehr zuhören? Wäre dann alles anders gekommen?

Nun kann ich es nicht mehr und werde es nie wieder können. Du hast mich verlassen. Ich habe dich an IHN verloren.

Du warst schon öfters im Geheimen bei IHM, das hattest du mir irgendwann unter Tränen gestanden. Zu Anfang war es bloss ein Gefühl, alles war schwammig und hätte nichts zu bedeuten gehabt. Dennoch konntest du nicht davonlassen, bist wieder und wieder zu IHM gegangen.

Bis zu diesem 23. August. An diesem verdammten 23. August, an dem du bei IHM warst, hast du eine Entscheidung gefällt und ich habe dich für immer verloren.

An die Zeit danach möchte ich gar nicht denken. Die vielen Aufs und Abs. Deinen Egoismus, deine anfängliche Wut, die Tränen, die endlosen Diskussionen, die Verzweiflung und schliesslich, am allerschlimmsten, die Akzeptanz, die Resignation.

Ich wollte oft selbst zu IHM gehen, mit IHM sprechen, von Mann zu Mann, an seine Vernunft appellieren, zeigen, wofür ich zu kämpfen bereit war. Aber du wolltest es nicht. Ich liebte und hasste dich dafür, wünschte dich weit fort und hatte Angst dich noch mehr zu verlieren.

Jetzt sitze ich hier. Schlussendlich habe ich dich verloren. Ich sitze hier im Zug und eine einzelne Träne rinnt mir über die Wange. Du fehlst mir, jeden Tag, aber heute ganz besonders. Schlussendlich bist du gegangen, ohne ein letztes Wort. Was hättest du auch sagen sollen? Manchmal ist auch ganz ohne Worte, alles gesagt.

Heute ist es genau ein Jahr und drei Monate her, als du von IHM nach Hause gekommen bist. ER, der mit ein paar Worten, ein paar Taten unsere Welt zerstört hat. Er wurde zum Sinnbild unseres Leidens, zum Feindbild unseres gemeinsamen Lebens. ER. ER. ER. Immer wieder ER.

Manchmal begegne ich IHM beim Einkaufen in der Stadt. Er grüsst mich stets, ist aber zurückhaltend. ER weiss, was er mit uns gemacht hat. ER. Doktor Van Heegen. Onkologe. Diagnose: Krebs.

Nichts war mehr so, wie es war, und nichts konnte mehr so werden, wie es sein sollte.

Ich habe dich geliebt, in all den guten, aber auch in den wahrhaftig schlechten Zeiten unserer Ehe. Und müssten wir noch einmal alles durchstehen, ich würde wieder kämpfen. Für uns beide, gegen IHN, den Krebs.

Ich sitze hier und die Träne ist versiegt. Ein warmes Gefühl macht sich in mir breit und der Kloss im Hals nimmt ab. Ein Gefühl der Dankbarkeit, ja vielleicht sogar des kleinen Glücks funkelt auf. Unpassend dies zu fühlen, denke ich mir, aber wenn ich es doch so empfinde? Du hast nun keine Schmerzen mehr, die Zeit der Qualen ist vorbei. Du bist frei und an einem anderen Ort hoffentlich wieder glücklich.

Und ich denke so bei mir: Glück ist, dich in meinem Leben geliebt zu haben. Glück ist, zu wissen, dass du tot, frei von Schmerzen und ganz bestimmt im Himmel bist.

Ich bin Kurt, 64 Jahre alt und seit einem halben Jahr verwitwet.

Ich denke, nicht alle haben in ihrem Leben ein solches Glück wie ich. Wenn ich den älteren Herrn ein Abteil weiter betrachte, die blutunterlaufenen Augen, der fahle Teint. Was mag der wohl erlebt haben, das ihn so gezeichnet hat? Er tut mir leid, wie er so zusammengekauert dasitzt. Er wirkt verloren in all den Menschen.

Dankbarkeit flammt in mir auf. Dankbarkeit, dass ich bislang keine grossen Schicksalsschläge erleben musste. Ich denke, der Mann könnte echt eine Portion Glück gebrauchen. Ich würde es ihm von Herzen wünschen, ja ich würde ihm meins sogar abgeben.

Neuer Ort, neues Glück? Die Türen öffnen sich und eine sehr korpulente Dame betritt unser Abteil. Sie setzt sich neben unseren älteren Herrn. Was mag Glück für sie bedeuten? Gutes Essen? Ein paar Kilo weniger auf der Waage? Furchtbar gemein und unpassend, entschuldige, aber sei ehrlich, auch du hast zweimal hingesehen. Es ist wie bei einem Umfall. Man weiss genau, man sollte nicht hinsehen, aber man tut es eben dennoch.

Nicht weil man gemein ist, oder sich am Leid anderer erfreut, sondern weil man nicht anders kann.

Also, und wenn ich schon gemein bin, der Mann daneben verschwindet beinahe neben ihr.

Wohl kein Glück gehabt mit der Sitzwahl heute, was Kumpel?

Nun mal ganz ohne bissige Bemerkungen und Vorurteile, die wir alle mit uns rumschleppen. Die Dame scheint nicht ganz unglücklich zu sein mit ihrem Los, denn ein kleines Lächeln umspielt ihre Lippen. Woran sie wohl gerade denkt?

Hatte sie Glück?

Roberta

Alle glotzen und starren mich an. Selbst wenn sie es nicht tun, glaube ich, ihre anklagenden und hämischen Blicke wie Dolche in meinem Rücken zu spüren. Es ist ein verdammter Spiessrutenlauf. Jedes Mal.

Ich schleppe mich durch die endlos langen Gänge, vorbei an Süssigkeiten, Backwaren, Wurstwaren und Limonaden. Ich bin froh, kann ich mich am Einkaufswagen festhalten. Ansonsten würde mir die Kraft zum Stehen fehlen. Wie konnte es bloss so weit kommen, Roberta?

Ich habe mich nie wirklich um gesunde Ernährung gekümmert. Meist gekocht, was mein Mann gerne essen wollte. Ein bisschen Grünzeug, um das Gewissen zu beruhigen. Ich war aber auch nie wirklich dick.

Ich hatte schon immer meine Rundungen. Die haben mich jedoch nie gestört, ganz im Gegenteil. Ich war stolz darauf, keine magere Ziege zu sein, sondern ein Vollblutweib mit Busen und Hintern. Mein Mann fand meine Rundungen sexy, hat über die klapperdürren Weiber bloss gelacht.

Doch irgendwann zwischen gestern und heute sind die Rundungen ausgeprägter geworden. Anfänglich habe ich sie ignoriert, dann weggelächelt. Ich habe gehofft, schwanger zu sein, deshalb an Gewicht zugelegt zu haben. Aber ich war es nicht und mein Mann war sehr froh über diesen Zustand. Er wollte keine Kinder. Zu stressig.

Anfänglich fand er meine Rundungen sexy, dann mochte er sie noch, dann konnte er noch „damit leben", dann nahm er sich seine ultra-size-zero-dürre Assistentin und liess mich mit meinen Pfunden und meinem unerfüllten Babywunsch allein zurück.

Und das war der Anfang vom Ende.

Ich begann aus Trauer, Wut und Verzweiflung alles in mich hineinzustopfen. Nichts war vor mir sicher. Torten, Brötchen, Chips und Pizza – sie waren meine Tröster in den dunkelsten Stunden.

Ich kämpfe mich den Gang entlang zu den Diätprodukten. Ich habe zuckerfreien Joghurt,

Knäckebrot, Gurken und Salat. Ich habe diese unsagbar geschmacksneutralen Shakes im Wagen. Ich esse fast nichts mehr und habe ständig Hunger. Ich will ja abnehmen, bloss frage ich mich manchmal wozu und für wen?

Eine Frau zerrt ihre kleine Tochter beiseite, man könnte glatt meinen, Fett sei hochgradig ansteckend. Ich frage die Dame, ob sie Angst hätte, ich würde ihre Tochter mit meinen Pfunden überrollen. Sie sieht mich entsetzt und gehässig an. Kommentare wie: „Nicht bloss fett, sondern auch noch unverschämt!", höre ich den lieben langen Tag. Ich habe mich längst an sie gewöhnt. Verletzend sind sie nach wie vor.

Ich ekel und schäme mich ja selbst. Vor mir selbst und dem Rest der Welt. Aber von heut auf morgen geht das eben nicht weg. Und was geht es die Leute überhaupt an?!

Als mein Mann mich zu Anfang noch liebevoll „mein Nilpferdchen" genannt hatte, konnte ich damit leben. Die „fette Sau" zum Schluss war einfach zu viel. Wirft man denn ein Geschenk einfach weg, bloss weil die Verpackung gelitten hat? Als ich dann über Dritte erfahren habe, dass er mit seiner blöden dürren Assistentin auch noch ein Kind erwartet, glaubte ich, ich müsse tot umfallen. Ich wollte bloss noch sterben. Aber vom vielen Futtern stirbt man nicht, also zumindest nicht spontan. Man wird einfach nur fett. Und das bleibt.

Meine Knöchel schmerzen vom Stehen, meine Schuhe sind viel zu eng. Meine Füsse sind hässlich und ungepflegt. Wie auch? Ich komme nicht mehr an sie ran. Ich hasse meinen Körper. Alles schwitzt, ist zu eng, kneift und zwickt. Ich will bloss noch nach Hause und mich vor den Blicken der anderen verkriechen.

Ich stehe in der Schlange an der Kasse und sehe eine fette Frau im Fenster sich spiegeln. Diese Frau bin ich. Diese Frau will ich aber nicht sein! Bloss woher nehme ich die Kraft, eine andere zu werden? Wen interessiert es denn, ob ich schlank oder fett bin? Meinen Mann vielleicht?

Der Blitz soll ihn treffen.

Der Junge mit der Kappe in der Schlange neben mir starrt mich unverhohlen an und schüttelt angewidert den Kopf. Würde er auch so respektlos reagieren, wenn ich seine Mutter wäre? Oder macht er es nur, weil ich ein niemand bin. Abschaum der Gesellschaft.

Ein kleines Mädchen zeigt auf mich und fragt seine Mutter, warum ich so dick sei. Der Mutter ist es peinlich, sie sagt ihrem Kind unwirsch, dass sie ihm das dann daheim erklären würde. Kindermund tut Wahrheit kund.

Ich packe alles in zwei Tüten und quäle mich zum Parkplatz. Meine Autoschlüssel fallen mir aus der Tasche, der Platz zwischen den parkierten Autos ist ohnehin schon eng. Ich habe beide Hände voll, den Kopf vollkommen leer. Ich kann mich nicht bücken und das ältere Paar auf der gegenüberliegenden Seite lacht mich aus. Ich bin hilflos und den Tränen nahe. Was für ein weiterer Scheisstag auf meiner Liste von kommenden Scheisstagen.

Da kommt ein junger Mann auf mich zu, bückt sich, hebt meine Autoschlüssel auf und nimmt mir die Taschen ab. Er lächelt mich an, herzlich und ich bin wie paralysiert. Ich kann mich nicht erinnern, wann mir das letzte Mal jemand geholfen, geschweige denn, mich angelächelt hat. Ich lächle zurück. Lächle zum ersten Mal seit Tagen, Wochen. Komisches Gefühl, aber ich kann es noch.

Der Mann beginnt zu reden und ich kann ihn kaum verstehen. Erst da bemerke ich die beiden Hörgeräte. Er ist schwer hörbehindert. Auch er passt nicht in die schöne, schnelle und perfekte Gesellschaft, die wir vorgeben zu sein.

Ich setze mich in den Wagen, der Mann reicht mir die Tüten, wünscht mir einen schönen Tag und geht. Und ich? Ich bleibe einfach sitzen. Ich bleibe einfach sitzen und bin dankbar für diesen netten Herrn.

Heute ist ein guter Tag. Seit langem.

Glück ist, ein Lächeln in einem Meer aus Fratzen.

Ich bin Roberta, 43 Jahre alt und momentan 167,2 Kilogramm schwer.

Wenn ich die Menschen um mich herum genauer betrachte, nicht bloss deren Kleidung, deren Taschen, Schuhe und Zeitungen, sondern deren Augen, dann fällt mir auf, dass viele kein glückliches Gesicht machen. Wieso ist das so? Haben sie wirklich ernsthafte Sorgen oder bloss keinen Bock einen weiteren verlorenen Tag in irgendeinem Büro zu verbringen? Sich mit doofen Chefs und noch dooferen Kollegen abzugeben. Doofe Rapporte und doofe Listen zu wälzen, nur um abends erschöpft nach Hause zu fahren und um sich auf einen weiteren Tag vorzubereiten? Hamsterrad gefällig? Ist das Leben wirklich so schwer?

Ist glücklich sein denn so schwer?

Eine Frau, schätzungsweise Anfang sechzig, reisst mich aus meinen Gedanken und setzt sich neben mich. Sie wirkt über alle Massen verstört. Der Kopf scheint nie still zu stehen, schaut hin und her, als würde sie verfolgt. Gott, was ist der denn zugestossen? Sie kaut an ihren ultrakurzen Fingernägeln, ihre Kleidung ist schwarz und sie scheint Jahre nicht geschlafen zu haben. Wo ist ihr Glück bloss hin? Hat es sie gänzlich verlassen?

Ann-Catrine

Ich weiss nicht, weshalb ich aufgewacht bin. Ich kann mich nur vage daran erinnern, ein Geräusch wahrgenommen zu haben. Ich liege im Bett wie gelähmt. Der Radiowecker zeigt 03.24 Uhr an. Der Vorhang weht sanft ins Zimmer, das Fenster steht schräg, ich kann den Mond erkennen. Alles scheint so friedlich, so still, und doch... ich lausche den regelmässigen Atemzügen meines Mannes neben mir. Ich wünschte, auch einen solch tiefen Schlaf zu haben wie er.

Ich habe Durst, aber ein merkwürdiges Gefühl, eine Intuition lässt mich liegen bleiben.

Ich horche in die Nacht hinein. Da! Ein Geräusch! Ein Tier? Klang wie ein Tier. Bloss die Nachbarskatze, mehr nicht. Ich versuche mich zu beruhigen, aber das Gefühl bleibt. Mein Herz klopft wie wild. Der Vorhang weht jetzt heftiger ins Zimmer, ganz so, als hätte jemand ein Fenster im Haus geöffnet... hat jemand? Da, wieder – ein Geräusch! Das bilde ich mir nicht ein. Ich schliesse die Augen und zwinge mich zur Ruhe zu kommen. Ich konzentriere mich auf die Atemzüge meines Mannes.

Als sich die Zimmertüre einen Spalt breit öffnet, glaube ich, mein Magen drehe sich und ich müsse mich übergeben. Eine schwarze Gestalt schleicht sich in unser Zimmer. Ich versuche mich schlafend zu stellen, versuche nicht zu atmen und befürchte, dieser jemand, dieser Fremde müsste meinen Herzschlag hören können.

Nein, das geschieht doch nicht wirklich, nicht hier, nicht uns! Der Fremde schleicht um unser Bett herum, ganz langsam, geräuschlos und unheimlich. Ich war nie religiös, aber in diesen grauenvollen Sekunden habe ich alle Gebete nachgeholt, die ich in den vergangenen sechsundfünfzig Jahren verpasst habe. Lieber Gott, bitte mach, dass er verschwindet…

Der Fremde beugt sich über meinen schlafenden Mann und ich hoffe, bete und wünsche mir, er möge davon nicht erwachen. Lieber Gott im Himmel… mein Mann dreht sich, er scheint zu spüren, dass da wer ist, er öffnet seine Augen, stockt und schreit. Zuerst leise, dann laut. Ich wimmere unter der Decke und muss mitansehen, wie der Fremde meinem Mann einen Gegenstand über den Kopf schlägt. Dann ist Ruhe. Für einen kurzen Augenblick. Erst dann beginne ich zu begreifen, was ich da sonst noch höre. Es sind meine eigenen Schreie. Lieber Gott im Himmel, warum wir?!

Die darauffolgenden Minuten versuche ich zu vergessen, indem ich sie jeden Tag auf Band spreche. Merkwürdig nicht? Etwas jeden Tag zu tun, damit man es schlussendlich vergessen kann? Mein Therapeut hat mir dazu geraten.

Ich wurde von dem Fremden unsanft aus dem Bett gezerrt, an den Armen und Beinen, teils an den Haaren ins Wohnzimmer geschleift. Ich schrie um mein Leben und wurde von niemandem gehört. Die Männer, es waren zwei, sprachen in einer mir gänzlich unbekannten Sprache.

Sie schrien mich an, haben mich getreten, geknebelt und gefesselt. Ich weinte und flehte um mein Leben und um das meines Mannes. Lebte er überhaupt noch?

Und so lag ich da, sechsundfünfzig Jahre alt, stolze Hausbesitzerin, liebende Ehefrau und fürsorgliche Mutter zweier erwachsener Söhne. Vollkommen hilflos diesen Männern ausgeliefert.

Was war bloss mit meinem Mann?

Ich kann im Nachhinein nicht sagen, wieviel Zeit vergangen ist, wie viele Schubladen durchwühlt, wie viele Gegenstände zu Bruch gegangen sind. Albträume kennen keine Uhr. Sie sind gänzlich zeitlos.

Ich hörte auf einmal im Schlafzimmer die Stimme meines Mannes. Sie haben ihn einfach liegen gelassen in der Annahme, er wäre wohl tot. Er fing an, meinen Namen zu rufen, und ich betete, er möge sich ruhig verhalten, oder sich gar totstellen. Lieber Gott, wenn es dich wirklich gibt, ich brauche dich jetzt... Ich hoffte so, er möge still sein, sodass die Männer wieder gehen würden und der Albtraum endlich ein Ende hätte.

Er fing an, lauter nach mir zu rufen, und die beiden Männer hörten ihn. Ich bekam erneut Panik, als ich sah, wie sie ins Zimmer stürmten. Ich hörte meinen Mann und die Männer schreien, glaubte ein Handgemenge auszumachen. Das Bild unserer Hochzeit fiel von der Kommode und das Glas ging zu Bruch. Und dann fiel ein Schuss.

Nicht laut und spektakulär wie in den Fernsehkrimis, sondern leise und irgendwie unwirklich. Ein „Plopp", mehr nicht. Ein „Plopp", dass ein Leben beendete. Das Leben meines Mannes.

Ich hörte seinen Körper zu Boden fallen, diesen dumpfen Aufschlag. Ich sah seinen Kopf im Türrahmen, sah seine grünen Augen, seine wunderschönen grünen Augen, und dann das klaffende Loch dazwischen.

Hätte ich schreien können, ich hätte nie wieder aufgehört. Ich kann nicht beschreiben, was man in einem solchen Moment fühlt, ob man überhaupt irgendetwas fühlt und je wieder fühlen wird. Mein Mann ist tot, er wurde von Einbrechern erschossen. Einfach so, durch ein leises „Plopp". Ich dachte, ich müsste sterben. Auf einen Schlag hat alles seine Farbe, seinen Sinn im Leben verloren. Wo war Gott, wenn man ihn brauchte?

Ich hörte die Männer ins Wohnzimmer kommen. Sie standen über mir – und dann? Dann lachten sie. Ja, sie lachten, als wäre etwas unglaublich Lustiges geschehen. Und sollte ich alles aus meinem Leben vergessen haben, dieses Lachen wird mich wohl bis ins Grab verfolgen. Der eine trat mich in die Seite, der andere hielt seine Waffe auf mich gerichtet. Das war wohl der Moment, in dem ich abgeschlossen habe. Mit allem, mit dem Leben. Alle Träume begraben habe, ausgeträumt. Das war es dann wohl.

Ich werde nie meine Enkelkinder aufwachsen sehen, nie wieder mit meinem Mann zu Abend kochen, nie wieder mit Freunden ins Theater gehen, nie wieder lachen und fröhlich sein. Ich sterbe mit sechsundfünfzig Jahren, ungeschminkt, ungekämmt, im Nachthemd, geknebelt und gefesselt auf meinem Wohnzimmerboden. Lieber Gott, was soll der Scheiss?!

Ich schliesse die Augen, ich schwitze, ich weine Rotz und Wasser und uriniere auf den neuen Teppich. Schiess doch endlich, du Schwein!!! Lass es endlich vorbei sein!!!

Doch es war kein „Plopp" das ich hörte. Es waren Sirenen. Sirenen in der Nacht. Die Männer waren so schnell weg, wie sie gekommen waren. Mit all meinem Geld, meinem Schmuck, meinen Uhren, dem Leben meines Mannes, meinem eigenen. Sie haben mir alles genommen.

Heute lebe ich allein. Nachts brennt immer ein Licht in der kleinen Zwei-Zimmer-Wohnung. Ich überprüfe dreimal die Wohnungstüre, lege die Sicherheitskette an, bevor ich zu Bett gehe. Schlafen kann ich ohnehin kaum. Ich gehe jeden zweiten Tag zum Therapeuten und spreche jeden verfluchten Tag diese Worte auf Band. Immer und immer wieder. Es nimmt vielleicht seinen Schrecken, die Leere jedoch, die vermag es nicht zu nehmen.

Meinen ohnehin kläglichen Glauben habe ich in dieser Nacht gänzlich verloren. Wenn es wirklich einen Gott geben sollte, dann kann er mich mal.

Die Beamten und der Notarzt waren sehr nett zu mir. Merkwürdig, ich war nicht mal peinlich berührt, hilflos in meinen eigenen Exkrementen vor ihnen zu liegen. Alles hatte seinen Sinn, seine Farben, sein Leuchten verloren. Alles war egal.

Und als ich auf die Bahre gehievt wurde, hörte ich die Beamten miteinander reden. „…der Mann ist mausetot, Kopfschuss, mitten in die Stirn, die Frau hat einen Schock, ein paar blaue Flecken und Kratzer, ist aber sonst davongekommen. Die scheinen keine Zeit mehr gehabt zu haben… Mann Lady, da hatten sie aber wirklich ganz grosses Glück!"

Ungläubig schaute ich den jungen Beamten an. Glück? Ich hatte Glück? Ja, das hatte ich wohl…

Glück. Und ich dachte immer, das sei ein schönes Gefühl.

Ich bin Ann-Catrine, 56 Jahre alt, und wurde vor 4 Monaten, 5 Tagen und 4 Stunden im Schlaf überfallen.

Der Zug fährt leise in den Morgen hinein. Die Leute kommen und gehen. Wie im Leben eben. Die einen bleiben etwas länger sitzen, die anderen schauen bloss mal rasch rein und verschwinden dann gleich wieder. Meistens viel zu früh.

Zwei Abteile weiter am Fenster, ich kann sie spiegeln sehen, sitzt eine Frau, ebenfalls ganz in schwarz gekleidet. Auch sie scheint irgendwie tieftraurig zu sein. Mein Gott, was haben diese Frauen nur erlebt?

Marianne

Obwohl bereits einige Zeit vergangen ist, fehlst du mir sehr. Zeit heilt alle Wunden, so heisst es, doch ich glaube, die meinige hat sie noch nicht versorgt. Immer noch ist dieses Loch da. Nicht jeden Tag, aber zu oft. Den Platz, den du in meinem Leben eingenommen hast, kann niemand auf der Welt ersetzen. Das würde ich nicht zulassen.

An manchen Tagen, wenn alles schiefläuft, fehlst du mir besonders. Dein Lachen, deine Sprüche. Der Wunsch, dich zu umarmen überwältigt mich und ich sehe mich wieder am Anfang stehen, nachdem du gegangen bist.

Ob nur ich mich mit deinem Abschied so schwertue? An diesen ganz speziellen Tagen hängen meine Gedanken bei dir. Ich lasse alte Zeiten Revue passieren, möchte lachen und muss auch weinen. Höre Lieder, die dieses Gefühlschaos auf den Punkt bringen.

Und du fehlst. Du fehlst an allen Ecken und Enden. Das Schlimmste daran ist, Angst zu haben, du könntest eines Tages auch aus meinen

Gedanken verschwunden sein. Angst, ich könnte mich nicht mehr an dein Gesicht erinnern, deine Stimme wäre gänzlich verloren. Und um das zu verhindern, denke ich an dich. Nicht immer, aber manchmal pausenlos. Dann bilde ich mir ein, du würdest mir zuwinken und ich winke verstohlen zurück.

Du bist viel zu früh von uns gegangen. Ich hatte noch so viel vor, bei dem ich dich doch unbedingt dabeihaben wollte. Du warst ein Teil meines Lebens, der nun unwiederbringlich und für immer verloren scheint. Und du fehlst mir.

Der Gedanke mein Leben nun ohne dich leben zu müssen, tut mir in der Seele weh. Abschied nehmen ist immer schwer, von einem geliebten Menschen ganz besonders.

Das Ungewisse und das Alleinsein machen nicht bloss mir zu schaffen, ich glaube, sie sind in ganz bestimmten Zeiten allgegenwärtig. Ja, ich glaube, jeder Mensch kennt dieses Gefühl, allein gelassen zu werden. Unverständnis, Angst und Trauer. Bloss geht jeder anders damit um. Ich aber habe nun endlich den Mut gefunden, mit meinem Mitmenschen darüber zu sprechen. Und das tut meinem Herzen gut, nimmt mir die Last von der Seele, lässt mich atmen.

Vielleicht guckst du mir in diesem Moment über die Schulter, schmunzelst leise, wie du es immer getan hast, sagst, du bist zufrieden und stolz auf mich. Ich wünsche es mir. Sehr sogar.

Den Weg, ohne dich zu gehen, heisst nicht, ihn schlechter zu gehen. Bloss eben anders. Weil du fehlst. Nicht jeden Tag, aber heute ganz besonders.

Und so möchte ich allen Menschen von dir erzählen. Davon erzählen, was du mir bedeutet hast. Ihnen ein lebendiges Bild von der Frau vermitteln, die ich so sehr vermisse. Vielleicht, damit du nicht bloss in mir weiterlebst, sondern auch ein bisschen in ihnen. So, dass ich dich niemals ganz verlieren muss.

Zeit heilt alle Wunden. Wie viel Zeit benötigt meine? Wird sie jemals ganz verheilt sein? Will ich das überhaupt? Hält nicht auch der Schmerz dich mir lebendig vor Augen, lässt mich dich nie gänzlich vergessen?

Und alles, was ich mir noch wünschen kann, ist, dich irgendwann wiederzusehen. Dich nach langer Zeit wieder in die Arme schliessen zu können, glücklich darüber zu sein. Dich genauso vorzufinden, wie ich dich in Erinnerung habe, wie ich dich vor meinem inneren Auge sehen kann.

Daran glaube ich fest. Du wirst da auf mich warten. Ich weiss es.

Und ganz egal, wo das ist und wo du nun bist, ich wünsche dir alles Liebe und Gute, bis wir uns wiedersehen.

Glück ist, zu wissen, dass wir uns irgendwann und irgendwo wiedersehen.

Ich bin Marianne, 47 Jahre alt und trauere um meine geliebte Mutter.

Die Strassen sind noch halb leer und der Wald liegt unter einer schweren Schneedecke. Die Welt scheint noch zu schlafen. Auch ich werde schläfrig und muss mich zwingen, wach zu bleiben. Nicht, dass ich noch meine Endstation verpasse und anschliessend im Depot lande. Du lachst jetzt? Ist alles schon mal vorgekommen, mein Freund.

Eine ältere Frau betritt mit ihren Enkelkindern das Abteil. Die Kleinen lachen und sind putzmunter und das so früh am Morgen. Die Omi packt gerade das zweite Frühstück aus. Einen Apfel für den Kleinen, eine Banane für den Grösseren. So langsam bekomme auch ich ein wenig Hunger.

Und ich denke so bei mir. Diese Kinder haben grosses Glück. Glück mit solch einer lieben Oma. Die erzählt bestimmt Geschichten. Die baut Hütten und hilft bei den Hausaufgaben. Die Jungs scheinen glücklich zu sein. Ob sie wissen, welch Glück sie haben?

Vor nicht allzu langer Zeit war ich auch noch ein Kind. Und auch ich war glücklich. Ich schliesse für einen Moment meine Augen und versuche mich mal ganz bewusst an alles zu erinnern. Versuche, mich für einen Bruchteil unserer Zeit wieder wie ein Kind zu fühlen.

Die Unbeschwertheit zu spüren, die nie versiegende Neugierde, den unablässigen Tatendrang. Einfach nur Kind sein. Spielen wollen, entdecken wollen, fröhlich sein.

An unsere kleine Strasse vor dem Haus, an die kann ich mich gut erinnern. Daran, wie ich Fahrradfahren gelernt habe. Wie meine Mutter nebenhergelaufen ist, bis ich es ganz ohne ihre Hilfe konnte. Ich sehe die Schaukel vor mir, höre meinen Bruder lachen. Mein regenbogenfarbener Ball, auf den ich so stolz war, liegt auf der Wiese vor unserem Haus. Ich sehe den Sandkasten mit den vielen farbigen Förmchen darin, ein Springseil und einen Gummitwist. Glückliche Nachmittage voller Harmonie.

Ich öffne meine Augen und denke so bei mir, wie seltsam doch die Zeit ist. Als Kind möchte man nichts anderes als endlich gross sein. Selbst bestimmen, wann man ist Bett geht, was man essen und was man anziehen möchte. Die Zeit scheint nie vergehen zu wollen, ja gar endlos zu sein. Als Erwachsener jedoch sehnt man sich die unbeschwerten Tage der Kindheit zurück und alles geht zu schnell vorüber.

Warum nur verlieren wir diese Gabe, einfach Kind zu sein? Wieso traut sich kaum ein Erwachsener, zu hüpfen, anstatt bloss zu gehen? Weshalb traue selbst ich mich als Erwachsener nicht, im Supermarkt laut zu singen und warum muss ich einem Verein beitreten, um mich verkleiden zu dürfen?

Auf dem Weg ins Erwachsenenleben geht so vieles einfach verloren.

Wohin geht diese Unbeschwertheit, der Tatendrang, die Neugierde? Warum habe auch ich diese unschätzbaren Eigenschaften verloren? Warum habe auch ich mir stattdessen im Laufe der Zeit ein Gefühl der Scham zugelegt und kann mir das Verlorengegangene nicht wieder aneignen? Gehört das zum Erwachsensein genauso dazu, wie die Unbeschwertheit zur Kindheit?

Ich schliesse erneut meine Augen. Wie ein Film flitzen meine Kindertage an meinem inneren Auge vorbei. Zu kurz, viel zu kurz für eine solch schöne

Zeit. Doch schätzen lernt man bekanntlich etwas erst, wenn man es längst verloren hat ...

Lollipops, Kindergartenlieder, Rollschuhlaufen, Lego spielen, Löcher in den Socken, Puppen bürsten, Gutenachtgeschichten, Kassettenrecorder, Häschen-T-Shirt, aufgeschlagene Knie, unser Hund im Flur, der auf Papa wartet, Prinzessin sein, Babylichter, Gugelhopf.

Zeichentrickfilme, abgekaute Fingernägel, Geheimschrift, Mama in der Küche, Weihnachtsgeschenke basteln, Kindergartenweg, abgewetzte Gummisohlen, Gutenachtkuss, in der Waschküche spielen, Abziehbilder, Ohrlochstechen, Wackelzahn, Pony schneiden.

Plastiksandalen, Schwimmhilfe, in der Nase bohren, am Daumen lutschen, keine Verantwortung tragen, noch einmal aufs Klo müssen, noch nicht ins Bett wollen.

Colafrösche lutschen, barfuss gehen, Familienferien, Zimmer aufräumen, im Auto einschlafen, Wunderkerzen, Geburtstagskarten, Schlittschuhlaufen, im Wald spazieren, zerzauste Haare, Blockflötenkonzerte, Schätze vergraben, Geheimnisse teilen...

Lauter schöne Erinnerungen.

Alice

Phu! Aufatmen. Alles wieder gut. Ich lege den Hörer auf die Gabel und mache im Geiste drei fette Kreuze an die Decke. Die Operation meines Schwiegersohnes ist gut verlaufen. Es war der Rücken. Berufskrankheit haben sie gesagt. 50/50, dass er im Rollstuhl landen wird. Unvorstellbar.

Doch jetzt? Jetzt ist alles gut verlaufen, er ist wach und kann seine Zehen bewegen. Alles wieder gut. Welch Erleichterung!

Meine Tochter war eben ganz aus dem Häuschen am Telefon. Hinter ihr habe ich die „Kids" gehört. So wollen sie ja heute genannt werden. Auch sie freuen sich für ihren Vater und sind ganz überdreht. Heute Abend werden mein Mann und ich sie besuchen gehen.

Ich stehe immer noch vor dem Telefon im Flur und verharre in der Stille des leeren Hauses. Es ist Freitagnachmittag und mein Mann ist noch bei der Arbeit. Noch Ende dieses Jahres möchte er sich doch endlich mit über siebzig Jahren gerne pensionieren lassen. Nach vierzig Jahren in den Diensten der Verkehrsbetriebe, und zehn weiteren im Innendienst sich endlich seinen Hobbies, seiner Familie und nicht zuletzt, seiner Frau vermehrt widmen. Noch bis Ende dieses Jahres.

Ich drehe mich um und sehe in den Spiegel. Sehe eine Frau Anfangs siebzig, kurzer flotter Haarschnitt (so nennt es meine Friseurin), Jeans und Karohemd. Um die Augen sind Krähenfüsse entstanden, ich habe Falten bekommen. Aber sagt man nicht: Lieber Falten als gar nie gelacht? Ich straffe mit den Händen meine Gesichtshaut nach hinten, sehe aus wie eine Mumie. Strecke mir die Zunge raus und muss unwillkürlich lachen. Alles ist gut verlaufen!
Welch ein Glück!

Mein Blick streift meinen Körper entlang langsam nach unten. Ich bin älter geworden. Bedeutend. Bin jedoch nicht dick, vielleicht ein wenig pummelig um die Mitte. Und dennoch gefalle ich mir. Ich habe eine gewisse Gelassenheit bekommen, die ich früher niemals hatte.

Ich denke unwillkürlich an früher zurück. An Leonis Geburt. Daran, dass ich Hausfrau und Mutter sein konnte, mit all meinem Elan und voller Freude. Damals musste sich keine Frau entschuldigen „nur" Hausfrau und Mutter zu sein. Man war stolz darauf, für seine Kinder da zu sein.

Und heute? Die jungen Mütter müssen Kinder haben, Karriere machen, sich selbst verwirklichen, sich halbieren, um schlussendlich keinem gerecht zu werden. Ich sehe es ja an meiner eigenen Tochter. Irgendetwas leidet immer. Meistens man selbst. Zu einem Geschwisterchen ist es leider nie gekommen. Es musste wohl einfach nicht sein. Dennoch wage ich zu behaupten, dass meine Leonie eine schöne und unbeschwerte Kindheit gehabt hat. Ich war immer für sie da.

Mein kleiner Fratz, meine Leonie, die ständig ihre Puppe mit sich rumschleppte. Wie gross sie jetzt ist. Selbst Mutter zweier Kinder.

Die Geburten meiner Enkelkinder haben mich unglaublich glücklich gemacht. Was war ich stolz auf meine Tochter! Tom und Sven sind einfach goldig. Tom geht mittlerweile in die erste

Klasse, Sven ist im Kindergarten. Sie werden so schnell erwachsen.

Die erste Zeit nach Toms Geburt war sehr schwer. Meine Tochter verfiel in eine Depression. Sie hatte ihre neue Rolle einfach noch nicht gefunden. Wollte am liebsten wieder arbeiten gehen. Ich war viel bei ihr zuhause, habe mich um den Haushalt und um das Baby gekümmert. Wofür sind Mütter denn da?

Irgendwann haben sich auch die dunkelsten Wolken verzogen und meine Tochter hat sich mit ihrer neuen Aufgabe auseinandergesetzt. Dann ist Sven gekommen. Und alles wurde einfacher.

Das alles ist schon so lange her. Ich bin nicht sentimental, na ja, eigentlich nicht, bloss heute vielleicht ein klein wenig. Heute bin ich die Oma. Die beiden Jungs halten mich ganz schön auf Trab. Das hält jung und fit. Ich geniesse es, sie zweimal die Woche tagsüber zu verwöhnen und sie abends wieder abgeben zu können. Oma zu sein, ist einfach super.

Ich öffne die Verandatüre, stehe in unserem blühenden Garten. Das Werk meines Mannes. Wochenende für Wochenende arbeitet er daran.

Es ist wohl seine Art, mir seine Liebe zu zeigen.

Ich bin gerne in diesem Garten. Es ist für mich der schönste Platz auf Erden. Ganz selbstverständlich pfeife ich leise, wie ich es jahrelang getan habe. Aber kein kleiner weisser Hund kommt mehr angerannt. Schon seit Jahren nicht mehr.

Rudi war mein Baby nach Leonies Auszug. Das kleine flinke Kerlchen hat unser Leben nochmals ganz schön durcheinandergebracht. Er liebte es, mit meinem Mann im Garten zu sein. Mein Mann buddelte die Blumen ein, Rudi buddelte sie fürs Leben gerne wieder aus. Ein Bild für die Götter! Mit dreizehn Jahren ist er gestorben, friedlich eingeschlafen. Einfach so.

Ich blicke zum Himmel und wünsche mir, dass er dort oben auf einem kleinen flauschigen Wölkchen sitzt und auf mich hinunterschaut. Ich vermisse ihn, meinen kleinen Rudi. Noch immer kommen mir die Tränen, aber es tut gottlob nicht mehr so weh.

Ich mache ein paar Schritte, barfuss im warmen Gras. Die kleinen Rudi-Wölkchen am Himmel ziehen lautlos ihre Bahnen. Ich lasse noch einmal meine Gedanken schweifen. Wer bin ich. Was habe ich erreicht? Welches Leben habe ich gelebt? War es so, wie ich es mir vorgestellt habe? Ich atme ganz tief ein und finde - ja.

Ja, ich habe es so gelebt, wie ich es mir gewünscht habe. Nicht alles war perfekt. Aber zumindest immer auf einem guten Weg.

Ich setze mich in meinen Korbsessel, strecke meine Beine weit von mir. Es dauert noch zwei Stunden, bis mein Mann von der Arbeit kommt.

Zwei Stunden nur für mich allein. Die viel beschriebene „Leichtigkeit des Seins" fällt mir spontan ein. Ist sie das? Einfach mal im Hier und Jetzt verweilen. Seinen Körper bewusst wahrnehmen, seine Seele berühren?

Ich schliesse meine Augen. Die Sonne erwärmt mein Gesicht, bringt mein Lächeln erst recht zum Strahlen. Ein leichter Wind weht und dreht den Wäscheständer. Ein kleines Knarren ertönt. Die Vögel zwitschern. Sonst nichts. Perfekt. Ich blinzle und betrachte die nasse Wäsche am Ständer. In diesem einen Augenblick ist alles perfekt.

Alles hat seinen Platz, seine Bestimmung und seinen Sinn. Und ich denke mir. So soll es sein, so kann es bleiben.

Glück ist eine Hose im Wind.

Ich bin Alice, 72 Jahre alt und für diesen einen Augenblick mit mir und der Welt im Reinen.

So langsam wird es richtig Tag draussen und die Leute um mich herum werden munterer.

Ein älteres Ehepaar besteigt den Zug. Er, Typ Abteilungsleiter im Ruhestand, sie, Typ gepflegte Hausfrau und liebende Mutter erwachsener Kinder. Krass, wie wir unsere Mitmenschen schubladisieren nicht? Ein Blick und die Meinung sitzt. Ob er wohl stolz war, Abteilungsleiter zu sein? Ich habe neulich jemanden gefragt, wer er sei und als Antwort erhalten:

„Ich bin Projektleiter". Wie jetzt? Du bist in erster Linie das, was du tust, und nicht der, der du bist? Ich war verwirrt. Bist du nicht in erster Linie der Ferdinand (oder Peter, Paul, Franz, Karsten, Felix, Stefan, Thomas, Günter, Philippe…), Ehemann und Familienvater, Liebhaber guter Weine und toller Zigarren? Bist Fussballfan und liebst es im Sommer zu grillen? Du bist Projektleiter … okay, das hat mich irgendwie nachdenklich gestimmt.

Wie definierst du dich, wenn dich jemand danach fragt? Also ich, ich bin die Sandy. Ich liebe kalten Kakao, mag Horrorfilme und im Bett liegen bei Gewittern. Ich mag nicht aufstehen, weil's am Morgen so gemütlich ist im Bett und mal alles so sitzt, wie es sollte. Ich esse gerne Brot, einfach trockenes Brot und den Hörndliauflauf meiner Mutter – den find ich echt super!

Ich mag Tiere. ALLE, aber vor allem die flauschigen. Frettchen und Bären finde ich toll, Hunde und Katzen mag ich sehr, aber ich kann mich auch für Vögel oder gar Schlangen und Spinnen begeistern, ich muss ihnen bloss einen lustigen Namen und eine spannende Geschichte verpassen.

Ich bin Lanzarote-Fan und wollte als Teenager dorthin auswandern.

Ich liebe heisse Duschen und hasse kalte Füsse. Willst du mir eine Freude machen, dann schenkst du mir keine Blumen, eine Postkarte finde ich viel schöner.

Wie also definierst du dich als Mensch? Ich bin Kassiererin im Supermarkt... gähn... Ich bin Abteilungsleiter in einer grossen Firma... doppel-gähn... wer bist du als Mensch? Was magst, liebst, verabscheust du? Wo fühlst du dich wohl, was geht dir gegen den Strich? Was macht uns Menschen denn aus? Unser Job? Wohl kaum. Den kann man ganz schnell wechseln oder aber auch verlieren. Unser Charakter, unsere Träume und Wünsche? Unsere Seele?

Die beiden Senioren scheinen sich für eine Schnee-schuhtour gerüstet zu haben. Fröhlich setzen sie sich und halten sich an den Händen.

Eine Jahrzehnte alte Ehe, die tatsächlich funktio-niert? Der dritte Frühling? Ein spätes Glück? Ich freue mich für sie, ganz ehrlich. Auch wenn ich sie gar nicht kenne.

Hanspeter

So, das war's dann ja wohl. Aus und vorbei. Ich stehe mit einem Karton vor dem Gebäude und schaue zurück. Ich weiss, das sollte man nie tun, aber ich tu es trotzdem. Fünfunddreissig Jahre lang habe ich darin gearbeitet, geschuftet, habe Sonntage zugebracht, obwohl mein Platz eigentlich bei meiner Familie gewesen wäre.

Alles für die Firma. Ich habe mit Kollegen gelacht, geschimpft und war stolz auf meinen Titel. Abteilungsleiter. Das machte schon was her! Der Karton in meinen Händen eher weniger.

Fünfunddreissig Jahre ist es her. Die beste Zeit meines Lebens habe ich hier verbracht. Und wofür? Für eine Karte mit winkenden Hunden zum Abschied und eine beschissene Topfpflanze „Die hält schön lange...", hat Brigitte gemeint und beschämt auf den Boden gestarrt. Hermann hat mir auf die Schultern geklopft und gemeint: „Nimm es nicht so schwer, mein Bester"

Ich setze mich ins Café gegenüber und bestelle mir einen Whisky. Ich weiss, ich sollte nicht trinken, schon gar nicht so früh am Morgen, aber der Anlass scheint mir Grund genug für eine Ausnahme zu sein.

Fünfunddreissig Jahre und dann das. Ein neuer Chef, kaum älter als mein eigener Sohn, neue Kollegen und alles ist anders.

Zu alt, zu eingefahren, zu wenig flexibel.
Walter meinte, ich hätte Glück, dass ich nun, so kurz vor der Pensionierung, keinen neuen Job mehr suchen müsste. Mich würde ohnehin keiner mehr nehmen. Zu alt. Zu alt! Ich bin zweiundsechzig Jahre alt. Ist mein Leben denn nun vorbei?

Ich schliesse die Augen und sehe ihre Gesichter. Ihre doofen Visagen, scheinheiliges Pack! Ich habe mir den Arsch aufgerissen, Jahr für Jahr und wofür?!

Ich bestelle mir noch einen und sitze einfach so da, hinter dem Fenster in der Sonne. Dieser beschissene Karton steht neben mir auf dem Boden und ich bin in Versuchung, den beim Weggehen einfach stehen zu lassen. Nichts, was mir noch etwas bedeuten würde.

Und das Allerschlimmste ist, es geht einfach weiter. Ohne mich. Die Brigitte tippt munter weiter ihre Briefe, der Hermann geht nun halt mit den neuen Kollegen eine Rauchen und der neue Chef sitzt auf meinem Platz. Als wäre es das Normalste auf der Welt.

Ich war mal wer! Abteilungsleiter. Hanspeter, knallharter, aber geschätzter und geachteter Chef. Frühzeitig in den Ruhestand befördert, rausspediert, rausgeschmissen, ab und tschüss.

Mein Handy klingelt, meine Frau. Was soll ich ihr sagen? „Hallo Schatz. Nur so zur Info. Du hast einen absoluten Versager geheiratet, einer der nichts mehr wert ist, den keiner mehr haben will! Sie haben mich rausgeschmissen!"

Das bringe ich nicht übers Herz. Diese Schmach! In meinem Kopf tobt ein Sturm. Ich würde am liebsten alles kurz und klein schlagen…

Die Menschen im Café gehen an mir vorbei, nehmen kaum Notiz von mir, Hanspeter, der Versager. Die Sonne lacht vom Himmel, die Menschen sind fröhlich und guter Dinge. Scheint ein toller Tag zu werden.

Keine Sau scheint es zu interessieren, dass meine Welt gerade zusammenbricht. Aber eben bloss meine. Die der anderen dreht sich munter weiter, auch ohne Hanspeter, den Abteilungsleiter.

Ich hätte Glück… der Walter, dieser verfluchte Idiot. Ich hätte Glück!
Ich sitze immer noch im Café gegenüber von meiner Firma, meiner EX-Firma. Ich sitze einfach nur so da und warte. Minuten und mehr vergehen. Nach einem Sturm kommt die Verwüstung zu Tage und dann beginnt bekanntlich das grosse Aufräumen…

Hmmm…
Ich schaue ins Whisky-Glas. Habe ich denn Glück? Tatsächlich? Werde ich ab morgen ein glücklicher Rentner sein, der den Garten pflegt, mit seiner Frau einkaufen fährt und all das nachholt, was er in den letzten Jahren verpasst hat wegen irgendwelchen Meetings, Geschäftsessen und sonstigen Firmenanlässen?

Werde ich heute Abend den ganzen Ärger und Frust, die Enttäuschung und Demütigung einfach hinunterschlucken und neu beginnen?

Mich neu definieren, als Hanspeter der glückliche Rentner, treusorgender Ehemann, Vater und Opa? Nicht mehr Hanspeter, der knallharte Abteilungsleiter?

Alles im Leben hat bekanntlich seine Zeit. Werde ich ab morgen in Ruhe die Zeitung lesen, einen Spaziergang machen, Fernsehen? Soll ich mir einen Hund zulegen? Wie soll ich den denn nennen? Soll ich, wenn die anderen im Büro den Tag verpassen, einen Kochkurs belegen, eine neue Sprache erlernen oder mit meiner Frau und meinem neuen Hund auf einen Berg steigen und ein Eis essen gehen? Mir die Sonne ins Gesicht scheinen lassen? Soll ich?

Nie mehr doofe Rapporte, ermüdende Sitzungen, langweilige Mitarbeitergespräche... nur noch das tun, was ich will... hmmmm... das klingt irgendwie fast zu schön, um wahr zu sein...

NUR NOCH DAS TUN, WAS ICH WILL.

Hanspeter, der glückliche Rentner. Hanspeter, der Gärtner, der Geniesser, der Hundebesitzer, der Spaziergänger. Der, der macht, was er will…

Ich denke mal, ich rufe meine Frau zurück und sage ihr, dass wir morgen einen Ausflug zusammen machen werden. „Ja, hallo mein Schatz. Stell dir vor, die Sitzung morgen fällt für mich aus. Ja nicht? Was für ein Glück!"

Glück ist wohl immer Ansichtssache.

Ich bin Hanspeter, 62 Jahre alt und wurde soeben gekündigt.

Hector

Tag 1: Dieser Lärm. Diese Schreie. Gänzlich unmenschlich. Ich halte das nicht aus. Man hat mich in diese Zelle gesteckt, einzig mit Wasser. Wie einen Schwerverbrecher haben sie mich geschubst, gezogen und getreten. Ich sei aggressiv und unberechenbar. Schwachsinn! Ich und aggressiv. Dies hier, das macht mich aggressiv!

Diese Rufe und dieses klägliche Wimmern. Selbst wenn man weghört, verfolgt es einen. Ich liege auf dieser alten, stinkenden Matratze und frage mich, wie ich bloss hier gelandet bin. Mein Leben hatte gestern noch ganz anders ausgesehen. Ich hatte eine Familie, ein tolles Zuhause.

Ich war beliebt und wurde geliebt. Und jetzt? Jetzt liege ich hier in diesem Rattenloch und warte. Bloss worauf? Ihr miesen Schweine, wenn ich euch erwische …!

Tag 4: Er hat mich provoziert. Dieser kleine Mistkerl. Jeden verdammten Tag sind wir uns über den Weg gelaufen. Seine blöden Sprüche, seine doofe Visage. Und dann – zack! – sind mir die Sicherungen durchgebrannt. Eine verfluchte Sekunde lang, konnte ich mich nicht beherrschen. Ich habe ihm eine Abreibung verpasst, diesem blöden Hund!

Weggerannt ist er dann, der kleine Idiot, als wäre der Teufel persönlich hinter ihm her. Ha! Geschieht ihm ganz recht. Die hat er sich echt verdient, diese Abreibung. Ich bereue nichts und würde es wieder tun. Ich und aggressiv - dass ich nicht lache!

Tag 8: Die Nächte sind am schlimmsten. Dieses Gewimmer, dieses leise Stöhnen der anderen, Unerträglich. Ich hasse sie alle! Ich gehöre nicht hier her, bin nicht wie sie. Ich wälze mich, finde keinen Schlaf. Ich will hier raus. Ruhe verdammt!

Tag 24: Heute durften wir eine Stunde auf den Hof. Endlich, frische, saubere Luft! Den Himmel sehen! Wie habe ich es vermisst, meine Nase in den Wind halten zu können! Der Hof ist klein, nicht viel grösser als unser alter Garten zuhause. Es lagen diverse Bälle rum, aber keiner mochte spielen. Uns war nicht nach spielen zu Mute.

Keinem von uns. Die anderen haben mich ohnehin bloss aus der Ferne beäugt. Ich bin der Neue. Sie meiden mich. Ich meide sie. Ich bin nicht wie sie. Ich komme bestimmt bald hier raus. Meine Familie wird sich ganz bestimmt darum kümmern. Bald, bald bin ich hier raus.

Tag 51: Wo stecken sie nur? Niemand spricht mit uns. Tag um Tag vergeht und ich liege hier und warte. Die anderen scheinen sich schon über mich lustig zu machen.

Niemand wird kommen, rufen sie mir zu. Du bist wie wir. Gefangen auf ewig. Nein, nein, nein! Das will ich nicht wahrhaben. Ich komme hier raus! Er ist schuld, dieser miese kleine Sack, dass ich hier drin verrotte. Wenn ich den erwische, dann gnade ihm Gott…

Tag 110: Wieso kommt bloss keiner? Sie haben doch gesehen, dass sie mich mitgenommen haben. Ich bin und war nie aggressiv! Das war ein Versehen! Bloss ein kleiner Ausrutscher, mehr nicht! Wenn ich könnte, ich würde es ungeschehen machen! Hallo – hört mich wer?

Tag 118: Die Tage hier sind lang und erdrückend. Die Wände scheinen auf mich zuzuwandern und höhnisch zu grinsen. Alles ist schmutzig, alles stinkt. Ich werde immer schwerfälliger und müder. Mag kaum noch aufstehen. Die Stunde auf dem Hof ist alles, was ich habe. Jeder Sonnenstrahl, jeder Regentropfen, ein Geschenk des Himmels.

Jedes Mal, wenn ich Schritte auf dem Gang höre, denke ich, sie kommen mich holen. Doch sie kommen nicht. Was ist da draussen bloss los?

Tag 134: Das Essen ist widerlich, das Wasser schmutzig und schal. Es juckt mich am ganzen Körper. Ich bin den ganzen beschissenen Tag umgeben von diesem Abschaum und fühle mich dennoch so allein wie nie zuvor in meinem Leben.

Niemand wird kommen und mich abholen. Sie haben mich vergessen.

Tag 146: Wieso bin ich hier. Woher bin ich gekommen? Wer zum Teufel noch mal bin ich? Gehöre ich denn nirgends hin?

Tag 156: Ich möchte tot umfallen. Vergessen von allen und ignoriert von der Welt. Ich bin am Ende. Erschiesst mich Leute, bitte…

Tag 187: Ein seltsamer Tag. Sie haben mich aus meiner Zelle geholt, mich in einen Raum gesperrt. Ich dachte, jetzt ist es so weit. Jetzt hat es endlich ein Ende.

Dann bekam ich Besuch. ICH BEKAM BESUCH! Von einer Fremden, aber egal. Sie war nett. Sehr nett sogar. Und sie roch so gut! Es scheint mir, dass sie mich auch mag. Sie hat sogar mit mir gesprochen. Sie hat mir sogar zugehört. Niemand hier drin hat jemals mit mir gesprochen, keiner hatte Gehör.

Jetzt liege ich wieder hier auf meiner Matratze und bin noch komplett von diesem eigenartigen Besuch eingenommen. Ist diese Frau mein Ticket raus aus dieser Hölle?

Tag 194: Sie ist zurückgekommen! Diese Fremde! Ich kann mein Glück kaum fassen. Sie ist tatsächlich wegen mir zurückgekommen.

Es scheint ihr egal zu sein, weshalb ich hier bin. Sie mag mich. Ich sag's ja. Ich war nie und bin nicht aggressiv. Höchstens unverstanden von den anderen. Doch sie, sie versteht mich. Hoffentlich kommt sie wieder und wieder und wieder ...

Tag 203 in diesem Loch. Mein letzter Tag. Mein allerletzter Tag! Sie ist wiedergekommen. Ich habe einen neuen Menschen gefunden. Einen, der mich versteht und der mich liebt! Jetzt fängt ein neues Leben an!

Glück ist: Dieses Kribbeln im Bauch und das Wissen, nach einer langen Reise, endlich angekommen zu sein.

Ich bin Hector, 4 Jahre alt und ein Bullterrier auf Bewährung.

Ich muss wohl tatsächlich eingenickt sein. Ich komme so langsam wieder zu mir und merke, dass ich den Mund offenstehen habe. Mein Kopf hinterlässt einen unschönen Fettfleck auf der Glasscheibe und ich muss grauenhaft aussehen. Peinlich!

Die Leute schmunzeln leise vor sich hin und ich hoffe einfach, dass ich nicht auch noch geschnarcht habe.

Etwas stupst mich an meinem Bein. Mein Blick fällt zum Boden und ein paar glänzend schwarze Knopfaugen starren mich an. Ich bin schockverliebt und ein Lächeln breitet sich auf meinem Gesicht aus. Na, was bist denn du für ein süsses Kerlchen? Bist du auch glücklich? Und wenn ich es nicht besser wüsste, würde ich meinen, dieser Bullterrier lächelt mir durch seinen Maulkorb zu und zwinkert mit den Augen.

Wir nähern uns einem weiteren namenlosen Bahnhof und ich bin ja immer noch auf der Suche nach meinem Glück!

Angelina

Warum ich gerne dort arbeiten gehe? Nicht weil ich so gerne Assistentin bin. Ganz im Gegenteil. Eigentlich finde ich meinen neuen Job mehr als langweilig, ist es doch immer irgendwie dasselbe. Termine vereinbaren, Reisen organisieren, Briefe tippen, Pakete schnüren. Aber woran liegt es denn dann?

An ihm. An meinem neuen Kollegen. Meine Finger ruhen auf der Tastatur, ich habe aufgehört zu tippen und schaue aus dem Fenster. Felipe...

Meine Kollegin kommt hinter ihrem Bildschirm hervor und schaut ganz gebannt zu mir rüber. Sie verzieht ihr Gesicht. Sollte wohl ein Lächeln sein. „Na Kleine? Verknallt?" „Was? Ich doch nicht! Bin bloss müde...", und tippe aufs Neue drauflos.

Es ist mittlerweile neun Uhr und er sitzt im Büro gleich nebenan. Ich kann ihn ebenfalls tippen hören. Woran er wohl gerade denkt? Bin ich ihm auch aufgefallen? Ich bin ja bloss die kleine

Assistentin hier. Ich habe mich erkundigt. Ganz unauffällig und nebenbei.

Er ist verheiratet, Vater von drei kleinen Kindern. Mist aber auch …

Als würde ich mich auf ein Techtelmechtel am Arbeitsplatz einlassen! Sowas kann nie gut gehen! Zu Anfang ist es die Spannung, das Unbekannte, dieses Kribbeln. Dann immer mehr und mehr, bis es beim einen von beiden nicht mehr kribbelt und man sich schlussendlich schweigend und peinlich berührt in der Sitzung gegenüberhockt und sich nicht mehr traut, einander in die Augen zu schauen.

Und die Kollegen merken das doch! Kann mir keiner erzählen, dass sowas wirklich geheim bleibt. Oder doch? Vielleicht hat ja die Kollegin gegenüber auch jemanden hier, auf den sie sich freut? Schräge Vorstellung.

Ich versuche mich wieder auf meine Arbeit zu konzentrieren. Dieser Blick beim allerersten Mal. Irgendwie durchdringend und interessiert. Ich muss ihm aufgefallen sein! Felipe…

Er steht vor mir und redet über Termine und Besprechungen und ich blöde Gans höre ihm nicht zu. Ich schaue ihn an, seinen Mund, seine Hände... Mann, er sieht so gut aus! Was würde ich nicht dafür geben, dass seine Hände mich berühren... Felipe.

Mir wird ganz heiss und ich hoffe, dass mein Kopf nicht rot dabei wird. Ich weiss, dass das irgendwie falsch ist, aber weshalb fühlt es sich dann so verdammt gut an?

Mein Telefon summt leise und ich muss jetzt schon lächeln. Ich ziehe es aus der Manteltasche. Seit zwei Jahren arbeite ich nun schon dort und Felipe ist stets an meiner Seite geblieben. Wir sind Verbündete geworden. Zusammen trotzen wir dem Alltag, geben ihm ein bisschen mehr Glanz, lassen ihn ganz allein für uns strahlen.

Ganz still und leise. Niemand weiss, dass da was ist, was eigentlich nicht sein dürfte. Keiner hat's bemerkt. Das Kribbeln im Bauch ist auch nach zwei Jahren noch immer da und es muss was ganz Besonderes sein.

Ich freue mich noch immer jeden Morgen zur Arbeit zu gehen. Ihn zu sehen. Jeden Abend drehe ich mich um, bevor ich in die Seitengasse verschwinde in Richtung Bahnhof. Ich drehe mich um und hoffe, er möge mir nachschauen und mich genauso vermissen wie ich ihn.

Ich weiss, dass auch ich in seinem Leben einen ganz speziellen Platz einnehme, fernab von Frau und Kindern. Das eine hat nichts mit dem anderen zu tun und beides hat Platz in seinem Leben.

Mein Telefon summt und summt. Er denkt an mich. Ich kann es fühlen. In diesen Momenten bin ich die glücklichste Frau auf dieser Welt.

Du fehlst mir so.

Dein Lächeln lässt mich nicht los!
Du bist meine Sonne in diesem
tristen Büroalltag…

Du machst mich
so glücklich!

Ich habe eine Sitzung um zehn.
Treffen wir uns um zwölf am See?

Sehr, sehr gerne. Ich freue
mich drauf.

Ich mich auch.

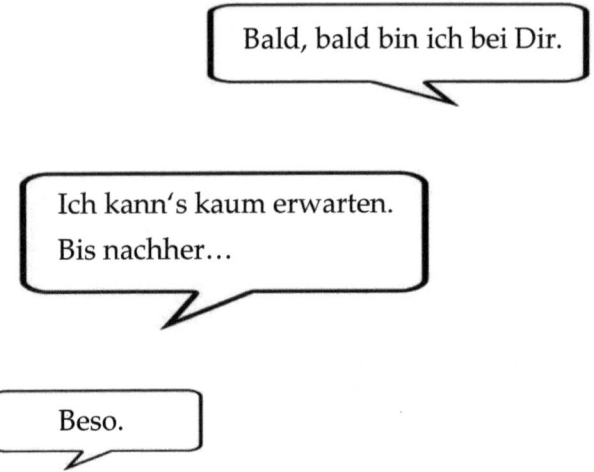

Glück ist, wenn du einen Menschen hast, der sich auf dich freut.

Ich bin Angelina, 30 Jahre alt und auf dem Weg zur Arbeit, auf dem Weg zu ihm.

Die Frau weiter hinten tippt wie wild in ihr Handy. Sie lächelt ganz verträumt aus dem Fenster. Irgendetwas oder irgendjemand scheint sie verdammt glücklich gemacht zu haben.

Dieser Zug gleicht der Welt, so denke ich mir. Eng und stickig, aber nie langweilig und immer in Fahrt. Menschen jeglicher Haar- und Hautfarbe, jeglicher Herkunftsländer und Religionen steigen ein und wieder aus. Menschen wie du und ich und doch ganz anders eben.

Was bedeutet Glück für sie? Für die Frau mit dem Kopftuch? Den dunkelhäutigen Mann?

Charlie

Lauf Charlie, lauf!

Sie sind dicht hinter mir her, ich kann ihre Schritte förmlich spüren auf dem Asphalt. Sie rufen meinen Namen, aber ich höre kaum hin. Ich renne wie der Teufel, renne um mein Leben, für meinen Traum. Mein Herz hämmert in meiner Brust. Ich kann meinen Puls in meinem Kopf spüren.

Ich biege um die Ecke und für eine Hundertstel-Sekunde bin ich allein, aber schon ist die Meute wieder da. Wie ein Haufen Irrer sind sie mir auf den Fersen.

Meine Gedanken schweifen ab, ich bin am Meer mit meinen Geschwistern. Ich kann förmlich das Salz des Meeres auf meinen Lippen schmecken, spüre den Wind in meinen Haaren.

Fast glaube ich, das Geklapper des Holzstabs am Metallrad zu hören, mit dem mein kleiner Bruder Noah so gerne spielt. Sie toben dann jeweils die Strasse hinunter, alle meine Geschwister, dem Rad hinterher. Ich höre Kinderlachen und fröhliche Lieder.

Lauf Charlie, lauf!
Da! Ein Schatten links hinter mir! Ich muss noch einen Zahn zulegen, sonst kriegen die mich und dann ist alles aus. Dann kann ich meine Träume vergessen und muss zurück. Ausgeträumt Charlie. Die ganze Reise umsonst. Meine Schuhe fliegen förmlich über den Asphalt. Ich muss denen entkommen, ich muss einfach schneller sein. Für mich, für meine Geschwister, für meine liebe Mutter.

Meine Mutter. Ich sehe sie vor mir, wie sie vor unserem Haus sitzt, den Kleinsten neben sich, einen Korb in den Händen, beinahe fertig zum Verkauf. Mit diesen Körben hält sie die Familie über Wasser, hält sie am Leben. Alle.
Angefangen mit mir, bis hin zum kleinen David. Alle sieben Kinder. Meine Mutter. Ihr freundliches Gesicht, ihre Liebe und Güte uns Kindern gegenüber. Ich renne für uns alle, aber am meisten renne ich für sie.

Lauf Charlie, lauf!

Sie kommen, ich verliere an Geschwindigkeit. Der Schweiss läuft mir über das Gesicht, sie rufen mich. Bald sind sie da. Ich muss es schaffen. Ich muss. Monatelange Vorbereitung, anstrengend, zermürbend, diese lange Reise, alles wäre umsonst, das darf nicht sein! Ich habe es versprochen. Ich habe es Kira versprochen, dass ich es schaffen werde.

Kira, die kleine Kira. Die ihren grossen Bruder abgöttisch liebt. Diese grossen schwarzen Augen, die kleinen Schwänzchen auf dem kleinen Kopf. Sie lutscht wieder am Daumen, seitdem Vater fortgegangen ist. Nun bin auch ich weg und sie hat Angst. Ich kann es fühlen. Sie hat Angst, dass auch ich nicht mehr zurückkommen werde. Dass auch ich die Familie im Stich lassen werde.

Kira, kleine Kira. Ich komme zurück und dann wird alles besser als es zuvor war. Ich verspreche es dir. Mutter muss keine Körbe mehr flechten und du und die anderen könnt dann endlich zur Schule gehen.

Kira, herzallerliebste Kira. Noch zu klein, um zu verstehen, doch schon gross genug, um Angst zu haben.

Lauf Charlie, lauf!
Lauf einer neuen Zukunft entgegen, lauf der Vergangenheit davon. Lauf für ein besseres Leben, für dich und deine Liebsten.
Ich höre ihre Schritte, spüre die Erschütterung auf dem Boden. Was, wenn sie mich wirklich kriegen? Was geschieht dann mit mir? Ich muss zurück in Schande. Habe versagt und mein Versprechen nicht gehalten. Das darf nicht sein. Ich renne, als ginge es um mein Leben. Was sage ich da – es geht um unser aller Leben!

Da vorne! Die Erlösung! Ich kann es sehen. Mein Ziel. Wie in Zeitlupe bewege ich mich darauf zu. Lasse alles und jeden hinter mir, renne allem davon.

Lauf Charlie, lauf!

Alle Rufen, alle klatschen! Und Ich höre die erlösenden Worte:

„Und der Sieger des diesjährigen Marathons ist Charles Utaka aus Nigeria!"

Glück ist, als Erster im Ziel zu sein.

Ich bin Charles Utaka, 23 Jahre alt und renne für ein besseres Leben.

Der dunkle Typ gegenüber nimmt seinen Müsliriegel raus und auch bei mir meldet sich der Hunger wieder. Aber hallo!

Ich öffne meine Tasche und hole mein Brötchen heraus. Die Fahrt dauert noch ein paar Minütchen, wieso also nicht jetzt was essen.

Man weiss nie, was noch alles kommt...

Amanda

Amanda:

Wo bist du bloss? Ich stehe am Fenster und blicke ziellos aufs Nachbargrundstück. Habe ich dir nicht eingeschärft, dass du immer umgehend nach Hause kommen sollst, wenn ich dich nicht abholen kann? Habe ich dir heute nicht gesagt, dass du allein nach Hause kommen musst? Habe ich?

Es ist jetzt zwanzig Minuten vor zwölf. Der Kindergarten ist schon lange aus, du hättest um Viertel nach elf zuhause sein sollen. Der Zeiger der Küchenuhr tickt unablässig vorwärts und ich halte mit Mühe die Tränen zurück.

Es ist nichts. Du hast bloss die Zeit vergessen. Was Interessantes gesehen auf dem Nachhauseweg. Blumen, Schnecken, eine Katze. Hast deine Mama völlig vergessen, wie sie hysterisch am Fenster steht und auf dich wartet.

Tick, Tack, Tick, Tack… war da nicht vorgestern die Meldung in den Nachrichten, es gehe wieder so ein Perversling in der Gegend umher?

Einer, der kleine Kinder damit lockt, ihre Mütter seien verunglückt und er fahre sie ins Krankenhaus? Oh Gott, ich habe meiner Kleinen davon nichts erzählt, weil ich dachte, das müsse sie nicht auch schon wissen mit ihren fünf Jahren... nicht mit Fremden mitgehen, keine Süssigkeiten annehmen... nicht mit Fremden mitgehen... ok, ich habe es ihr ja dann doch irgendwie gesagt, oder nicht?

Mein Blick wandert zur Uhr, es ist zehn vor zwölf. Tick, Tack, Tick, Tack. Soll ich in den Kindergarten? Aber ich kann doch nicht weg hier! Soll ich die Polizei anrufen? Die lachen mich doch aus. Oder meine Schwiegermutter? Die sagt mir bloss wieder, dass ich keine gute Mutter sei, wenn ich die Kleine nicht im Griff hätte.
Tick, Tack, Tick, Tack...

Das Telefon klingelt.
„Svenja ist nicht aus dem Kindergarten nach Hause gekommen und ich dreh fast durch vor Sorge. Hast du sie gesehen?" War ja klar, dass dem nicht so ist. Die anschliessenden Vorwürfe meiner Schwiegermutter höre ich bloss noch mit

einem Ohr, die kenne ich bereits in- und auswendig. „Du hast die Kleine einfach nicht im Griff…, alles muss die Oma machen… bei mir hätt's ja so was nicht gegeben… Du bist ja nie da… Bla bla Bla…"

Ich könnte losheulen und hänge einfach auf. Über diese spontane Reaktion bin ich selbst erschrocken. Der Kloss im Hals wird immer grösser. Wo bist du bloss?

Ich wage mich kaum nach draussen, denn es könnte ja sein, dass sie auftaucht, und ich dann nicht da bin. Ich lasse die Türe offenstehen und renne zur Nachbarin. Auch sie weiss nichts über Svenjas Verbleib aber verspricht, die Augen offen zu halten.

Die tröstenden Worte prallen wie Wasser auf Neopren ab. Ich Rabenmutter. Hätte ich sie bloss vom Kindergarten abgeholt. Aber ich hatte keine Zeit heute! Ich hatte tausende Telefonanrufe zu tätigen. Stimmt es, was meine Schwiegermutter mir vorwirft? Habe ich die Kleine nicht im Griff? Weil ich nie wirklich da bin? Weil ich entweder am Telefon oder am Computer hänge?

Ist sie deshalb nicht nach Hause gekommen? Will sie mich bestrafen? Svenja, ich mache alles wieder gut, wenn du bloss auftauchst!

Es ist zwanzig vor eins und meine Schwiegermutter ist eingetroffen, mit vorwurfsvollem Blick und einem leichten, aber verletzenden Kopfschütteln. Ich habe die Autoschlüssel gepackt und bin losgefahren. Zum Kindergarten, zur Schule, zum Spielplatz, zum Springbrunnen beim Dorfplatz, den sie so gerne mag.

Die Tränen haben sich längst ihren Weg gebahnt und laufen mir unkontrolliert über die Wangen. Ich schluchze und bete zu Gott, er möge meinen kleinen Sonnenschein beschützen und zu mir zurückbringen. Svenja, du verdammte Göre, wenn ich dich erwische… lass ich dich nie wieder los!

Ich kann nicht weiterfahren. Die Tränen lassen es einfach nicht zu. Ich halte am Strassenrand und weine mir die Seele aus dem Leib. Klar denken, ermahne ich mich. Amanda, du musst klar denken. Das bringt keinem was, wenn du hier sitzt und flennst wie ein Kleinkind.

Ich haue aufs Lenkrad, immer wieder, meine Hände schmerzen. Egal. Ich muss sie finden. Wenn bloss dieser Perversling nicht... ich verdränge umgehend diesen Gedanken, zu schauderhaft. Svenja. Was würde ich tun, wenn ich Svenja wäre? Wohin würde ich gehen, wenn ich fünf Jahre alt wäre?

Gott, ich bin zweiundvierzig, wie soll ich zum Teufel wissen, was eine Fünfjährige tun würde?! Ich weiss nicht mal, wofür sich meine Tochter interessiert, ich Rabenmutter.

Es ist mittlerweile eins und ich bin wieder ruhig. Ich sitze immer noch im Wagen und meine Gedanken drehen sich im Kreis. Ab wann kann man die Polizei verständigen? Machen die einen Suchtrupp so mit Hunden und Stöcken, wie man's aus dem Fernsehen kennt, mit Helikoptern und kommt dann die Presse? Fünfjährige Svenja vermisst seit... ja seit nicht mal zwei Stunden, lachhaft. Da sucht keiner.

Wieder kommt dieses Gefühl der Beklemmung und bevor es Besitz von mir ergreift, schlucke ich es runter, drehe den Zündschlüssel und fahre los.

Ich fahre alle Strassen und Wege ab, die ich kenne. Noch einmal. Jedes Kind begutachte ich zweimal und wünsche mir, es möge meins sein.

Svenja, Mama ist dir nicht böse, komm einfach nach Hause!

Svenja:

Wo bist du nur? Ich stehe vor der Türe des Kindergartens. Alle Kinder rennen freudig ihren Müttern entgegen, doch wo bist du?

Ich trete von einem Fuss auf den anderen, meine neuen rosa Gummistiefel mit der Prinzessin drauf quietschen leise. Ich summe das Lied vom Elefanten, das wir heute gesungen haben. Mit dieser lustigen Armbewegung. Die mache ich jetzt aber nicht.

Heute hat es Spass gemacht, Frau Rosenheim war sehr nett. Ich durfte auch das Lied bestimmen, welches wir zum Abschied gesungen haben… ein kleiner grauer Elefant, der ist im ganzen Dorf bekannt…

Alle Kinder sind schon weg. Auch Julian und Simone, die immer am längsten warten müssen, sind weg. Ich stehe allein da und weiss nicht, was ich nun machen soll. Du hast doch ganz fest versprochen, du holst mich heute ab, oder nicht?

Ich weiss es nicht mehr. Mal bist du da und dann wieder nicht. Ich bin schon mal allein nach Hause gelaufen, ich bin ja auch schon fünf Jahre alt! Aber Mama hat doch gesagt, sie kommt mich holen. Sie kommt schon... ganz bestimmt.

Keiner ist mehr da und Mama kommt nicht. Ob sie wieder am Telefon oder am Computer ist? Hat sie mich vergessen? Ein kleiner grauer Elefant, der ist im ganzen Dorf bekannt...

Soll ich nach Hause laufen? Aber wenn Mama dann kommt und ich bin nicht da, dann wird sie böse. Sie ist oft böse auf mich in letzter Zeit.

Ich will hier aber nicht allein rumstehen! Ich gehe nach hinten zur Hecke, da hat es einen Geheimgang, den nur wir Kinder kennen. Für die Grossen ist er zu klein. Der gehört nur uns.

Ich krieche durch die Hecke und meine neuen gelben Hosen werden schmutzig. Das wird Mama gar nicht gefallen und sie wird mich schelten deswegen.

Mir egal. Sie hat gesagt, sie kommt mich holen und hat es nicht getan!

Auf der anderen Seite krieche ich aus dem Busch. Da steht ein rotes Auto mit einem Mann am Steuer. Ich bleibe stehen und sehe ihn böse an.

Er sagt, er sei der Stefan und meine Mama hätte einen Unfall gehabt und er bringe mich ins Krankenhaus…

Mama hatte einen Unfall? Konnte sie deshalb nicht kommen? Ich zögere. Er scheint sehr nett zu sein, aber irgendwie kommt er mir unheimlich vor. Er sagt, ich solle schnell einsteigen, doch ich darf nicht mit Fremden mitgehen. Er startet den Motor…

„Deine Mama wird sehr traurig sein, wenn du nicht mitkommst, Kleine…" Ich zögere. Ich will nicht, dass Mama traurig ist wegen mir, sie ist sonst schon oft traurig seit Papa weg ist.

Ich mache ein paar Schritte auf den Wagen zu. „Nun komm schon, Kleine!"

Auf einmal kommt eine alte Frau geradewegs auf uns zu gerannt. Resolut hält sie ihren Stock nach oben und der Mann schliesst schnell die Türe und fährt mit quietschenden Reifen davon. Sie ruft ihm Worte hinterher, die ich noch nie gehört habe.

Mir kommen die Tränen, habe ich etwas falsch gemacht? Wieso ist sie so wütend?

Mama, wo bist du? Sie will mir etwas sagen, hält mich am Arm fest, aber ich höre nicht hin, reisse mich los und renne weg.

Ich habe Angst vor der Frau mit dem Stock. Ich kann nicht aufhören zu weinen…

Ein kleiner grauer Elefant, der ist im ganzen Dorf bekannt…

Amanda:

Fuck, fuck, fuck! Habe ich ihr wirklich gesagt, ich komme sie abholen heute? Wieso kommt sie nicht einfach nach Hause, wenn sie sieht, dass ich nicht da bin?

Amanda, du blödes Huhn, sie ist fünf Jahre alt, ermahne ich mich. Wer weiss, was in den kleinen Köpfen vor sich geht… ist sie wirklich noch zu klein, um das zu verstehen? Verlange ich zu viel von ihr?

Ich war im Kindergarten, in der Schule, beim Dorfplatz, beim Bach, auf dem Spielplatz, bei der Nachbarin. Herrje, wo war ich noch nicht?

Amanda, denk nach, wo warst du noch nicht? Denk nach, denk nach! Bei ihrer Oma!

Svenja:

Ich renne die Strasse entlang. Meine neuen Gummistiefel scheuern und tun weh, die Socken rutschen runter. Ich schluchze noch immer und habe Angst vor diesem Mann und der alten Frau.

Ist meine Mama wirklich im Krankenhaus? Dann ist sie ja gar nicht zuhause und ich kann nicht rein! Wo soll ich denn hin?

Ein kleiner grauer Elefant, der ist im ganzen Dorf bekannt…

Oma! Ich gehe zu Oma! Die wohnt hier ganz in der Nähe und die ist immer da. Ich renne schnurstracks Richtung Omas Haus. Ich ziehe meine Nase hoch, bevor ich läute. Oma hasst es, wenn ich das tue, aber ich habe kein Taschentuch dabei. Ich stelle mich auf die Zehen, die Klingel ist ganz oben. Ich drücke den Knopf und warte.

Ein kleiner grauer Elefant, der ist im ganzen Dorf bekannt…

Oma, ich bins! Bitte, bitte lass mich rein!

Amanda:

Ich biege in die Strasse ein, in der meine Schwiegermutter wohnt. Mittlerweile ist es halb zwei und ich halte einfach auf dem Gehweg. Die Autotüre lasse ich auf und renne die letzten Meter zum Eingang des Wohnblocks. Bitte Maria, Josef und alle dort oben, lasst mich meine Svenja finden…

Ich sehe die Eingangstüre und - nichts!

Keine Svenja.

Die Enttäuschung spült sich wie eine Woge über mich und droht mich zu ersticken…

doch Moment! Da, ein Schluchzen, im Gebüsch. Kleine rosa Gummistiefel mit einer Prinzessin drauf - mit einer kleinen Prinzessin drin - Svenja!

Svenja:

Oma macht nicht auf. Oma ist auch nicht da. Ist Oma auch im Krankenhaus? Ich weiss nicht, wo das Krankenhaus ist. Ich setze mich auf den Boden im Gebüsch und weine wieder.

Mama – wo bist du?

Amanda:

Ich bin hier Svenja Schatz! Mama ist hier! Ich umarme meine Kleine, erdrücke sie fast und schicke tausend Dankesgebete zum Himmel.

Meine Kleine, unversehrt, schmutzig und verheult, aber unversehrt. Svenja, Mama ist da, es wird alles wieder gut.

Ich wiege mein Baby im Arm, sie krallt sich um meinen Hals und weint und ich wiege und wiege und beginne leise zu singen…

Ein kleiner grauer Elefant, der ist im ganzen Dorf bekannt, bleibt nach der Schule nirgends stehen, muss immer schnell nach Hause gehen.

Glück ist, das Liebste auf Erden im Arm halten zu können.

Ich bin Amanda, 42 Jahre alt und hatte heute den schlimmsten Tag in meinem Leben.

Die alte Dame verlässt den Zug. Auch jetzt hilft ihr jemand beim Aussteigen, nämlich der dunkle Typ, der mir gegenübergesessen hat.

Und dann wird sie herzlich begrüsst und innig gedrückt. Ich denke mal, das werden ihre Enkeltochter und ihre Urenkelin sein.

Das kleine Mädchen in den gelben Hosen hüpft vor Freude herum und die Enkeltochter scheint erleichtert zu sein, froh, dass alles glatt gelaufen ist und die Uroma wohlbehalten angekommen ist.

Die alte Dame dreht sich um und zeigt auf den Zug, zeigt genau auf mich und ich winke ihr noch ein letztes Mal zu und bin einfach glücklich für sie.

Dann schliessen sich die Türen und der Zug fährt weiter.

Markus

Es klopft ganz leise an die Tür. Im Blickwinkel nehme ich wahr, wie sie einen kleinen Spalt geöffnet wird. Ich drehe mich langsam vom Bildschirm weg zur Türe und da steht sie. In ihrem dunkelblauen Seidenkleid, welches eigentlich keine Fragen offenlässt.

Ihr langes, rotes Haar fällt offen und lasziv über ihre Schultern. Ihr rechter Fuss dreht sich langsam, ihre Pumps sind aufregend. Ich sitze einfach da und starre sie an. Ich merke, wie sich nicht bloss Hitze in meinem Körper breit macht und ich rutsche ein wenig verlegen auf meinem Stuhl hin und her.

Wieso sagt sie nichts? Sie kommt langsam auf mich zu, nicht ohne vorher der Türe einen leichten Schups zu geben.

Sie setzt sich auf meinen Tisch, spreizt langsam ihre Beine und ich glaube, mein Herz müsse stillstehen oder explodieren, oder beides zusammen.

Sie zieht mich an meiner Krawatte langsam zu sich. Unbeholfen sitze ich vor ihr und wage kaum zu atmen. Ihre grossen grünen Augen saugen mich förmlich auf. „Besorgen Sie's mir", flüstert sie mir leise ins Ohr und knabbert dabei an meinem Läppchen. Meine Hose spannt und ich habe schweissnasse Hände.

Ich nehme all meinen Mut zusammen und berühre ihre Haare. Das wollte ich schon immer, vom ersten Moment an, als sie meine Chefin wurde.

Ich beginne langsam mit meinem Finger an ihrem Hals herunterzufahren, küsse ihre Schultern, ihren Mund. Ihren himmlischen Mund, der nach Erdbeeren schmeckt... Ich werde immer mutiger, stehe auf, reibe mich an ihr und drücke sie an mich. Sie beginnt leise zu stöhnen und legt sich auf meine Akten. Ich schiebe ganz langsam ihren Rock hoch. Zentimeter um Zentimeter, ein Gefühl wie Weihnachten und Geburtstag zusammen überkommt mich.

„Besorgen Sie's mir"

Meine rechte Hand versucht hektisch meinen Gurt zu öffnen, während die linke immer noch ihren Rock nach oben streift. Sie trägt keinen BH. Ihre Haut ist samtweich, ihre Brüste wunderschön. Wie weisse Blumen mit rosa Knospen.

Ich bin total erregt und kann mich kaum noch beherrschen. Sie zieht mich an der Krawatte nach unten. Ich versuche ihr den roten Slip herunterzuziehen und sie stöhnt mir wieder ins Ohr:

„Besorgen Sie's mir"

Meine Hosen sind unten, alle Bedenken, es hier im Büro mit meiner Chefin zu treiben, sind wie weggeblasen. Mein Kopf ist leer, ich will bloss noch das eine, und zwar jetzt. Sie räkelt sich auf meinem Tisch, krallt die Hände in die Akten und wirft sie durch den Raum. Ich bin kurz davor, zu explodieren… „Besorgen Sie's mir - jetzt!"

„Herr Balmer!!! – Die Akten! Besorgen Sie sie mir! JETZT! Und ich will verdammt nochmal einen Kaffee!"

Ich blicke vom Boden auf, diesem hässlichen grauen Teppichboden und sehe meine Chefin in der Türe stehen. Ihr blaues Kleid sitzt tadellos, die Haare sind adrett zu einem Knoten gebunden. Die Pumps sind nicht ganz so hoch.

Mein Gesicht brennt wie Feuer, ich schwitze am ganzen Körper und bin froh, meine Akten vor meinem Schoss in den Händen zu halten.

Sie verzieht angewidert ihr Gesicht: „Ich will gar nicht wissen, wo Sie mit ihren Gedanken sind, Balmer!", und rauscht wütend ab.

Die Türe fällt mit einem Knall ins Schloss. Ich bin schweissnass und zittere leicht. Ich seufze schwer, drehe mich zum Bildschirm um und denke so bei mir.

Glück ist, eine Chefin zu haben, die keine Gedanken lesen kann.

Ich bin Markus, 34 Jahre alt und bin spät dran. Sofie wartet.

Die Katze meldet sich wieder, diesmal mit einem ziemlich gereizten „Miauuuuu". Vermutlich ist sie mit ihrem Herrchen auf dem Weg zum Tierarzt. Der Mann hat die Augen zu und schläft. Ob er wohl auch Glück hat? Und was er wohl darunter versteht?

Ich nehme mir die Zeitung, die auf dem kleinen Tischchen am Fenster liegt. Dieses Bild heute. Es lässt mich nicht mehr los. Ich hätte losflennen können. Wie ein Kind, ein kleines Kind, fast noch ein Baby.

Genau wie dieses auf diesem schrecklichen Bild. Tot. Ein toter kleiner Körper am Badestrand. Schlimmer als der allerschlimmste Horrorfilm, realer als das Leben oft selbst. Ein kleiner Körper der lachen, toben und springen sollte. Der Sandburgen bauen und Eis essen sollte.

Mein Gehirn will dies nicht akzeptieren, hat Probleme einen kleinen toten Jungen mit einem Badestrand zu vereinen. Das passt in kein Muster, ist wider aller Gesetze der Natur. Ein kleiner toter Junge, den weder das Leben, ja nicht mal das Meer haben wollte.

Meine Augen werden noch immer wässrig und ich blinzle die aufkommenden Tränen schnell beiseite.

Fühle ich mich schuldig? Nein. Aber fühle ich mich hilflos? Unbedingt. So etwas Schreckliches hätte niemals und in keiner aller Welten geschehen dürfen.

Ich starre wieder auf dieses Bild, bin fassungslos. Fassungslos ob diesem Bild, doch nicht weniger ob der Reaktion der Begutachter um mich herum. Sie schütteln den Kopf, sie seufzen und schlagen eine neue Seite auf. Sie vertiefen sich in die Welt der Börse, der Beauty und der Fashion, der Glückwünsche und Cartoons.

Sie retten sich in eine überschaubare Welt ohne Chaos. Eine, die sie verstehen können. Die das Gehirn nicht überfordert. Und sie vergessen den kleinen reglosen Körper am Badestrand. Vergessen, verdrängen die Not und Verzweiflung auf dieser Welt und überlegen sich, was sie wohl zu Mittag essen werden.

Und ganz ehrlich. Ich bin nicht anders.

Hast du das Bild auch gesehen? Natürlich hast du. Jedes Kind hat es gesehen. Keiner hätte es sehen sollen. Es hätte nie passieren dürfen. Was hast du dabei gefühlt? Verzweiflung? Wut? Unverständnis? Gleichgültigkeit? Hast du auch den Kopf geschüttelt, deine Tränen weggeblinzelt, den Kloss im Hals heruntergewürgt und dich in deine heile Welt gerettet?

Ein Bild in einer Zeitung, ganz unverhofft nimmt es Besitz von meinen Gedanken und saugt sich hartnäckig dort fest. Es ist, als würde das gesamte Elend dieser Welt sich in diesem einen Bild vereinen und auf meinen Schultern lasten.

Ich fühle mich hilflos und klein. Ich fühle die Ungerechtigkeit. Das Leben ist eine miese Sau, denke ich so bei mir. Und ich fühle Dankbarkeit. Dankbarkeit und Scham.

Dankbarkeit, auf der Sonnenseite des Lebens zu stehen, und Scham, weil dies so ist.

Was also ist Glück? Glück ist, lebendig im Wasser zu schwimmen und nicht tot am Strand zu liegen.

Emilia

Die Hektik des Alltags droht mich zu verschlingen. Wie ein böses Tier steht sie über mir, fletscht ihre Zähne und ich fühle mich hilflos ihr gegenüber.

Aber weshalb nur diese verdammte Hektik? Gibt es einen Wettbewerb im schneller leben, von dem ich nichts weiss? Und bleibt dabei das Leben selbst nicht auf der Strecke?

Ist es bloss ein neuer Modetrend, ständig am Telefon zu hängen, im Stehen zu essen, Terminen nachzurennen, ohne dabei alledem wirklich gerecht werden zu können? Oder ist es eine verdammte Zeiterscheinung, dieses „nie Zeit haben" und wo führt uns diese Hektik alle hin? Was ist der Sinn dahinter?

Aber ich, ich wehre mich. Ich wehre mich jeden Tag aufs Neue. Ich wehre mich dagegen, überall und für Jedermann erreichbar zu sein. Meinen Tag durch Termine mit Menschen, die ich eigentlich nicht sehen mag, bestimmen zu lassen. Ich weigere mich, mich diesem Zeitgeist zu unterwerfen.

Ich hab's neulich schon im Zug gesehen und jetzt sehe ich es wieder. Zwei Menschen sitzen sich gegenüber. Sie kennen sich gut, so scheint mir. Aber reden sie miteinander? Nicht ein Wort.

Stattdessen schaut jeder in sein Handy, schreibt Kurznachrichten und Beiträge in den vermeintlich sozialen Medien, die keinen interessieren. Das tun wir ständig, reden, schreiben, und vergessen dabei zu kommunizieren mit unserem Gegenüber.

Ist das der Geist der heutigen Zeit? Wie wird man ihn wieder los? Wird man das überhaupt?

Hektik. Ich glaube, sie droht nicht nur mich zu verschlingen, nein, sie hat es auf alle abgesehen. Wehren sich die anderen auch? Setzt du dich zur Wehr?

Wir reden den ganzen langen Tag, aber sagen tun wir dennoch nichts. Nichts von Belang.

Und ich wundere mich. Interessiert das denn niemanden? Fragt sich niemand ausser mir, wohin uns die Hektik, und deren Geschwister, der

Stress und der Ehrgeiz führen? In welchem Masse tun sie das. Macht uns das glücklich? Macht es dich glücklich?

Ich rede nicht von kleinen Freuden, nein, ich spreche vom grossen Glück. Das grosse Glück, das bleibt, wenn man all das, was im Leben ja angeblich von Bedeutung sein soll, nur weil es irgendjemand mal gesagt hat, wegdenkt.

Was bleibt uns schlussendlich, wenn wir all das verloren haben? Wenn unser Kartenhaus zusammenbricht, die Hülle wegweht und wir wieder nackt von vorne beginnen müssen?

Was ist der wahre Sinn dahinter? Noch schöner, noch besser, noch reicher zu sein? Noch mehr Autos in der Garage zu haben, noch mehr teure Kleidung im Schrank? Macht dich das glücklich? Mich nicht. Auf jeden Fall nicht so, wie ich es mir erhofft habe.

Ich glaube, das wahre Glück findet man nur, wenn man sich befreit von den Zwängen, die uns die Gesellschaft auferlegt. Wenn man den Mut findet, sich gegen die Masse zu stellen und das dickste Fell angezogen hat, das man finden kann, um den Neid, die Ignoranz, das Unverständnis der Menschen zu ertragen, die ihr Glück anderswo vermuten.

Ist es möglich, alles zu verlieren und dennoch das wahre Glück zu finden? Oder sind auch wir von der Gesellschaft bereits zu sehr geprägt, dass wir unser Glück vom neuesten Telefon, der teuersten Tasche, dem schnellsten Auto abhängig machen?

Ich wehre mich. Jeden Tag. Mal besser, mal schlechter.

Überlegst du noch, oder bist auch du es leid, Sklave deiner Termine zu sein? Bloss eine Marionette im Spiel des Lebens?

Die Hektik. Nicht gelogen, manchmal überkommt sie auch mich. Lasse mich ein paar Meter mitschleifen, bevor ich mich zur Wehr setze.

Was ist der wahre Sinn unseres Daseins? Sind es diese Momente, die jedermann kennt und vermisst? Die innere Ruhe, das Herunterfahren, das Anhalten auf der Autobahn des Lebens? Sind es nicht genau diese Momente, von denen wir nicht genug kriegen können und um die wir uns doch selbst immer wieder berauben?

Halte an! Nur diesen einen kleinen Augenblick. Schalte dein Telefon aus. Sendepause. Die Welt kann warten.

Verweile einen kleinen Augenblick mit mir und besinne dich, was für dich das wahre Glück ist und was im Leben so zählt. Nicht das, was man hat, sondern das, was man ist. Setz dich hin und wehre dich. Zeig der Hektik die Krallen. Genauso wie ich.

Wenn du alles Überflüssige in deinem Leben wegdenkst, was bleibt dann noch übrig? Was ist es, was wirklich zählt? Was hat in deinen Leben Bestand, auch wenn unser Kartenhaus den nächsten Windstoss nicht überleben sollte?

Ich halte an. Ich lasse mich nicht verschlingen. Nicht in diesem Leben. Nicht auf diese Weise. Nicht so.

Mein Häuschen wartet bereits auf mich. Mein klitzekleines Häuschen direkt am Meer. Und wenn ich übermorgen im Flugzeug sitzen und diese graue Stadt von oben ein letztes Mal betrachten werde, werde ich wissen, das einzig Richtige für mich getan zu haben.

Noch einmal ganz von vorne zu beginnen.

Glück ist, den Mut zu haben, seinem Bauchgefühl zu vertrauen und gegen den Strom zu schwimmen.

Ich bin Emilia, 39 Jahre alt und auf dem Weg ins Büro - ein allerletztes Mal.

Ich sitze bereits seit fast einer Stunde in diesem Zug. Die Winterlandschaft zieht an uns vorbei, es hat wieder angefangen zu schneien.

Grosse Flocken bleiben an den Scheiben kleben und ich freue mich auf Weihnachten. Auf Zimtsterne, Schneegestöber, bunte Geschenke und Kerzenschein, freue mich auf Weihnachtsmusik...

Ich mag auch den Frühling und den Herbst. Bloss den Sommer, den mag ich nicht. Der ist mir einfach zu heiss. Aber wirklich lieben, tu ich nur den Winter. Wenn die Schneedecke uns alle zum Anhalten zwingt, uns die Hektik nimmt und zur Besinnung bringt.

Heute scheint es mir, als wohnten wir alle auf einem Kuchen und jemand meint es viel zu gut mit dem Puderzucker.

Schnee liegt auf den Strassen. Heimtückisch und glitschig. Die Autos kommen seitwärts die Strasse runter. Sieht verdammt witzig aus. Ist es aber nicht, ich weiss schon.

Während die einen Menschen fluchen, lachen die anderen. Ein Wintermärchen im tristen Alltag, kann das zusammenpassen?

Schnee fällt sachte und unaufhörlich.

Ich kann Kinder auf ihrem Schulweg sehen. Schneebälle fliegen durch die Luft. Die einen müssen dran glauben, war schon immer so. Die Freude der Kinder ist das Ärgernis vieler Erwachsener. Die Freuden des Winters sind für dieses Jahr noch lange nicht ausgestanden.

Mir schiesst ein Gedanke durch den Kopf, der mich schmunzeln lässt. Wir scheinen doch hilfloser zu sein, als wir uns ständig geben. Sind dem Wetter gnadenlos ausgesetzt und kein Computer der Welt schaufelt uns die Strassen frei.

Schnee fällt in unsere, ach so technologisierte, durchorganisierte Welt und lähmt alles. Lähmt die Busse und Trams, lähmt die Autos und Fussgänger. Lähmt die Hektik des Alltags. Totaler Stillstand, totale Kapitulation.

Hilflos gegenüber einem solch mächtigen Gegner, versuchen wir unsere Unfähigkeit mit einem Lachen hinzunehmen, sind überwältigt ob dieser Übermacht.

Schnee fällt in Massen und schweisst die Menschen zusammen. Man lacht mit seinem Gegenüber, das man bei Sonnenschein wohl kaum wahrgenommen hätte. Hilft gegenseitig Autos auszubuddeln,

Strassen und Wege freizukriegen. Hilflosigkeit verbindet und lässt uns wieder an längst vergessene Werte des Menschseins zurückerinnern.

Ich sitze hier im warmen Zug hinter dem Fenster. Glück gehabt. Beobachterstatus. Ich finde den Gedanken durchaus reizvoll, den durchorganisierten Alltag mittels weisser Pracht aus den Fugen zu bringen.

O_{pa}

„Opa? Warum ist der Himmel blau?"
Der kleine Junge sitzt ganz aufgeregt am Fenster
des Zuges und drückt sich die Nase an der kalten
Scheibe platt. Sein Opa, Typ Kapitän Iglo, sitzt
daneben mit einem, klein wenig, überforderten
Gesichtsausdruck. Ein wenig hilflos beginnt er
zu stammeln…

„Weisst du, mein Schatz. Das Licht kommt
von der Sonne auf die Erde herunter. Es kommt
von ganz weit her und trifft auf seinem langen
Weg auf kleine Stäubchen und Regentröpfchen
und so… und die machen dann…, dass der
Himmel blau aussieht… wie durch eine blaue
Fensterscheibe."

„Hmmm…" Der Junge scheint mit dieser Er-
klärung noch nicht ganz zufrieden zu sein.

„Warum ist der Himmel dann nicht grau,
wenn es doch Staub im Himmel hat? Putzt denn
da keiner? Auch Oma nicht?"

Der alte Mann lächelt hilflos seinen kleinen
Enkel an. „Warum musste Oma sterben?" Der
kleine Junge lehnt sich leicht an seinen Opa und

dieser hält seine Hand. „Weisst du, Oma war schon sehr, sehr alt. Und wenn Leute sehr alt sind, dann sterben sie eben. Das ist das Leben."

Der Junge schaut seinen Opa mit grossen Augen an und flüstert. „Musst du denn jetzt auch sterben? Du bist ja auch schon uralt!"

Der alte Mann lächelt, lächelt sich vielleicht die hochkommenden Tränen weg, tätschelt die kleine Hand seines Enkels und flüstert ganz leise. „Nein, mein Schatz. Opa muss noch nicht sterben. Ich kann dich doch nicht hier ganz allein lassen, oder? Wer passt denn dann auf dich auf?"

Der Junge scheint beruhigt zu sein und schaut wieder aus dem Fenster. Nach einer Weile dreht sich der kleine Junge erneut um und fragt: „Du?" „Ja, mein Schatz?" „Und warum muss man sich im Zug nicht anschnallen?"

„Das ist damit man schneller aus- und einsteigen kann. Das steht so im Gesetz." „Aber das ist voll doof, denn wenn der Lokführer auf die Bremse tritt, fliegen alle durch den Zug und tun sich weh…"

„Hmm", meint Opa… „da hast du wohl recht."

Der kleine Junge scheint zufrieden, dass er und sein Opa einer Meinung sind.

„Meinst du, Oma ist jetzt da oben und schaut uns zu?" „Da bin ich mir ganz sicher." „Aber jetzt, da sie da oben und nicht mehr hier ist, suchst du dir eine andere Frau?"

Der alte Mann lächelt gerührt und erklärt seinem aufgeregten Enkel: „Nein, mein Schatz. Ich brauche keine andere Frau. Auch wenn Oma da oben ist, ist sie noch immer hier bei mir", sagt's, und greift sich mit den gichtgezeichneten Händen ans Herz. Der kleine Junge sieht seinen Opa lange nachdenklich an. Dann legt auch er seine kleine Hand auf die des alten Mannes und so sitzen sie gemeinsam in stiller Harmonie in einer Welt, die eine solche auch dringend benötigt hätte.

Stille tritt ein. Es scheint fast so, als würden alle Passagiere im Zug gebannt auf die nächste Frage des kleinen Jungen warten. „Opa?" „Ja, mein Schatz?" „Warum sind all die Menschen da im Zug?" „Weisst du, die meisten gehen arbeiten." „So wie Mama?" „Ja genauso wie deine Mama." Der kleine Junge schaut erneut aus dem Fenster. „Opa?" „Ja, mein Schatz?" „Feierst du

Weihnachten mit uns?" „Ja, mein Schatz. Ganz bestimmt. Da freue ich mich schon sehr drauf." „Ich mich auch."

„Du?" „Ja?" „Warum fahren wir heute mit dem Zug?" „Na weil wir doch heute zusammen ins Schwimmbad gehen." „Genau."
„Du?" „Ja?" „Und hast du auch die Badehosen eingepackt?" „Lass mich kurz nachsehen… ja, alle beide sind sie da." „Gut. Das ist sehr gut."

Der kleine Junge hält erneut die Hand seines Opas und schaut aus dem Fenster. „Du?" „Ja?" „Sag, wo ist denn Oma abgeblieben?" „Oma ist doch gestorben und lebt jetzt im Himmel." „Ja, das tut sie. Genau das."

Der Zug fährt weiter. Im Tunnel fällt für kurze Zeit das Licht aus und es ist stockdunkel. Ich warte gespannt auf die nächste Frage und bin irgendwie seltsam gerührt und ergriffen ob dieser Szenerie.

„Du?" „Ja?" „Warum musste Oma sterben?" „Na eben, weil sie doch schon sehr alt war und wenn man alt ist, dann stirbt man eben. So ist das im Leben."

Der kleine Junge drückt erneut die Hand seines Opas. Beide beobachten das Schneegestöber.

„Du?" „Opa?" „Meinst du, wir haben heute Glück und wir erwischen den Bus zum Schwimmbad?" „Da bin ich mir ganz sicher."

„Und sag mir nochmal, wer bist du schon wieder, mein Kleiner?"

„Ach, Opa!"

Glück ist, zu vergessen, dass man vergisst.

Ich bin Jakob Hiltbrunner, 87 Jahre alt und heute mit einem netten, jungen Mann unterwegs.

Ich bin sprachlos und gerührt, ergriffen, überwäl-
tigt. Ein kleiner Junge mit seinem demenzkranken
Grossvater. Beide halten sie zusammen wie Pech und
Schwefel und meistern gemeinsam so den Alltag.

Der eine im Begriff ständig Neues zu erlernen, der
andere im Begriff laufend Altes zu vergessen.

Sie ergänzen sich. Und ich denke so bei mir, dass
auch das eine ganz spezielle Form von Glück ist.

Ich bin nun schon eine Weile unterwegs, habe so
viele Menschen getroffen und kann doch bloss erah-
nen, was Glück für sie bedeutet. Das ganz grosse
Glück ist wohl die eigene Gesundheit. Gesund zu sein
und gesund zu bleiben. Das ist wohl der Schlüssel
zum Glück.

Alle lesen die Gratiszeitung. Wie immer stehen
tausend und eine Information drin, die wir oftmals
gar nicht mehr zu verarbeiten in der Lage sind.

Sie dreht sich einfach ein wenig zu schnell, unsere
liebe Welt. Und wir? Wir hinken tagtäglich hinterher.
Ich lese von den neusten Technologie-Trends, von
Stars und Sternchen, von Politik und Religion...

Die Weltreligionen haben mich seit jeher faszi-niert, aber auch befremdet. Unverständlich die vielen Wunder, die es einst auf Erden gegeben haben soll.

Der gute und barmherzige Gott, der uns alle genau gleich liebhat, lässt sich nicht mit meinem gegenwärtigen Weltbild von sterbenden Kindern und fallenden Bomben vereinbaren. Lässt mich am Gesamten zweifeln.

Das Einzige, was meiner Meinung nach alle diese Religionen zu Tage gebracht haben, sind Meinungsverschiedenheiten, Intoleranz und Kriege. In wessen Namen - in Gottes Namen?

Voller Befremden betrachte ich die Blindheit dieser Weltanschauungen und wundere mich, wohin der gesunde Menschenverstand abgeblieben ist.

Ist auch er mit all unseren Heiligen auf der Strecke geblieben? Fanatische Aktivitäten, Bekehrungen und Morde im Namen der einzig wahren Religion, ob das im Sinne unseres Schöpfers ist?

Gibt es diesen Schöpfer überhaupt? Ist er nicht ein und derselbe für alle Bewohner dieser Erde? Warum lässt er so viel Leid zu, wenn er uns doch alle liebhat?

Ich habe mir im Laufe der Zeit meinen ganz eigenen „Gott" zurechtgelegt. Er ist weder barmherzig

noch unfehlbar. Er ist eben auch nur ein „Mensch“.
Ein Spieler.

Im Stillen bitte ich ihn um Beistand in schwierigen
Situationen, bete darum, ganz im Geheimen. Er gibt
mir Ratschläge und Tipps und ich bedanke mich bei
ihm, wenn alles gut gelaufen ist. Er ist mein Freund,
mein Kumpel. Weder angsteinflössend noch unfehlbar.

Ein gutes Gefühl, zu wissen, dass es im Leben
noch etwas Höheres als den Menschen gibt. Etwas,
das uns lenkt, nicht zu sehr, aber immer ein wenig.

Mein Gott ist stets bei mir, im Herzen, im Hinter-
kopf, jederzeit abrufbar, doch nie aufdringlich.

Und auch mein Weltbild lässt sich mit meinem
ganz eigenen Gott besser vereinbaren als mit dem, den
mir die Religion mit aller Macht in den Schädel hauen
will.

Mein Gott ist ganz einfach ein wenig überfordert
mit uns, hat uns nicht mehr immer im Griff, wie El-
tern mit ihren Kindern. Die Welt dreht sich immer
schneller, gerät allmählich aus den Fugen. Wie kann
man da alles unter Kontrolle behalten?

Manchmal, wenn ich ihn frage, was das denn alles soll, zuckt er bloss die Schultern und entschuldigt sich ob dem Chaos. Er kann ja nicht überall sein!

Sind wir nicht alle ein wenig überfordert in dieser Welt? Und ich verstehe ihn. Mein Gott und ich, wir sind ein tolles Team.

Ohnehin ist das Leben an und für sich ja ein grosses Mysterium. Gibt es ein Leben nach dem Tod? Ich hoffe doch! Kann ja nicht alles gewesen sein!

Ich stelle mir das folgendermassen vor: Wenn man stirbt, kommt man in den Himmel. Der ist wie eine grosse Empfangshalle, mit bequemen Sesseln, weichen Kissen, kleinen Tischchen, Büchern, Zeitschriften, Spielen, Essen und Getränken.

In dieser Rezeption sind alle Seelen, die es gibt. Wenn man ein neues Leben starten will, geht man zur Theke (ja, da steht dann der liebe Gott höchst persönlich) und meldet seinen Wunsch an. Dann kann man eine bunte Kugel ziehen und erhält ein neues Leben.

In der Kugel hat es einen Zettel, darauf steht dann geschrieben: Tataa! Du bist im nächsten Leben ein Panda in China... oder ein kleines Cowgirl in Texas oder ein Regenwurm in Irland. Eine Palme auf den

Kanaren oder ein dicker Typ mit Schnurrbart und Motorrad. Der Fantasie sind keine Grenzen gesetzt!

Klar, nicht immer hast du den Jackpot geknackt, manche Leben sind wirklich Kacke, aber da musst du jetzt durch. So sind die Regeln.

Und egal wie lange so ein Leben dann ist, in der Empfangshalle steht die Zeit still. Wenn du meist nach Jahren oder Jahrzehnten erst zurück bist, ist es für die Wartenden, als wärst du bloss mal rasch zur Toilette gegangen.

Völlig daneben und zu viel Fantasie, sagst du? Und wenn schon! Ist find's grossartig, und mein Gott findet das auch.

Das ist meine ganz persönliche Vorstellung und so schlecht ist die Idee „Himmelslotto" doch gar nicht.

Wenn du mal eine Pause brauchst, dann bleibst du ganz einfach in der Rezeption, liest, schreibst, schläfst, redest mit deinen Freunden oder kraulst deine Tiere.

Die bequemen Sessel laden ja zum Verweilen ein. Was kann schlecht daran sein?

Vielleicht ist auch das Glück. Dass man nach einem beschissenen Leben die Chance auf ein besseres hat?

Giuseppe

Ich fahre jeden Tag mit diesem Bus. Immer die gleiche Strecke, immer dieselbe Spur und komme dennoch nie wirklich wo an.

Die Menschen um mich herum nehme ich kaum noch wahr. Schon seit Jahren nicht mehr. Die Gesichter vermischen sich in farbige Klumpen zähen Schleims. Wenn sie mich bloss in Ruhe lassen.

Ich fahre jeden Tag mit dem Bus. Immer die gleiche Strecke und komme dennoch nie wirklich wo an.

Der Regen peitscht gegen die Scheibe und ich bin in Gedanken bei dir. Du hast sehr schön ausgesehen gestern, in deinem blauen Lieblingskleid, dezent geschminkt. Doch, das haben sie wirklich gut gemacht. Und erst der schöne Sarg. Ich hoffe, du hättest ihn gemocht.

Die Scheibenwischer arbeiten unaufhörlich, genau wie ich. Ich fahre, jeden Tag mit diesem verdammten Bus. Überallhin, nirgendwo hin.

Ich sehe dein Lachen, die kleinen Fältchen um die strahlenden Augen. Gott, wie ich dich vermisse.

Die Leute starren mich an, ich kann ihre Blicke förmlich spüren. Dieses schleimige Etwas, das kommt und geht, schupst und drängelt, in der Masse und doch jeder für sich ganz allein.

Und ich? Ich fahre mit dem Bus. Jeden Tag, so auch heute, mit tausend anderen und doch auch ganz für mich allein.

Die Orgelmusik war schön, ich wünschte, du hättest sie gehört. Na ja, vielleicht hast du sie ja gehört.

Ich wage die müden Augen nicht zu schliessen, weil ich dann weinen muss. Vor all den Leuten. Und weil ich nicht weinen mag und nicht schlafen kann, muss ich Bus fahren. Den ganzen Tag.

Ich sass in der vordersten Reihe, neben mir dein Bruder und deine Mutter. Sie haben sich an mich geklammert und geweint. Ich wollte der Fels sein in der Brandung und wurde doch auch von einem Meer aus Tränen hinfort gespült.

Und heute? Selbst der Himmel weint ob so viel Ungerechtigkeit.

Ich sehe dein Lachen, höre dich rufen, mir zuwinken… und höre das Hupen des Busses, welcher gnadenlos über dich drüberfuhr.

Ich kann den Knall hören, das Geräusch, wenn Knochen splittern, der Schädel birst, ein Leben zerbricht. Oder zwei.

Ich kann die Schreie hören, die der anderen, meine eigenen. Die Tränen laufen mir über die Wangen. Diese Ungerechtigkeit ist kaum zu ertragen. Warum du? Warum nicht der böse Diktator oder der menschenverachtende Sklavenhändler? Warum du?

Herzensgute, Liebe meines Lebens. Das hast du nicht verdient. Ein Schrei steckt mir in der Kehle, mein Kopf scheint dem Platzen nahe. Ich öffne meinen trockenen Mund…

„Einen wunderschönen guten Morgen sehr verehrte Fahrgäste. Nächster Halt, Hauptbahnhof. Ich wünsche Ihnen eine gute Fahrt und einen tollen Tag".

Glück ist, was ich vor fünf Tagen verloren habe. Mein Glück warst du. Du allein.

Ich bin Giuseppe, 52 Jahre alt und verdammt einsam ohne dich.

Ein Buschauffeur hat sich zu mir ins Abteil ge-setzt. Auch er scheint traurig zu sein. Vielleicht ist sein Hamster gestorben? Seine Frau hat ihn verlas-sen? Seine Geliebte versetzt?

Er tut mir irgendwie leid und ich wünschte, ich könnte ihn aufheitern.

Irgendwie seltsam und lustig zugleich. Einen Buschauffeur im Zug anzutreffen. Ich dachte immer, die gehen mit dem Bus zur Arbeit…

Und ich denke so bei mir: Ist es für einen Buschauffeur, der sich nach seiner Schicht in sein Auto setzt so, als würde er nach einem Tag in den Skischuhen in seine Pantoffeln schlüpfen?

Soll ich ihn fragen? Wohl besser nicht. Er scheint nicht auf Konversation aus zu sein.

Betty

Haare im Wind, fühle mich frei,
Kopf, Körper, Seele, alles dabei.
Ich und mein Fahrrad, allein auf der Welt,
unendlich reich, und dabei kein Geld.
Haare im Wind, rasante Tour,
ein bisschen daneben, neben der Spur.
Lache mich frei, fahre allem davon,
unerreichbar, ich trag die Kron'.
Haare im Wind, lachendes Gesicht,
darauf verzichten, ich tu es nicht.
Das einzig Wahre, glücklich sein,
das wahre Leben holt mich früh genug ein.
Haare im Wind, Tränen in den Augen,
meine Fahrt ist zu Ende,
ich kann es kaum glauben.

Ein Blick, eine Berührung
und es ward um mich geschehen.
Nie habe ich in eines Menschen Augen,
eine solche Liebe und Sehnsucht gesehen.
Bist zu mir gekommen, bist bei mir geblieben
bist Hüter und Wächter in dunkelster Nacht.
Hatte niemals zuvor, solch starke Gefühle
wie ich sie allein für dich gedacht.

In dunkelster Stunde bist du zu mir gekommen
und ich zu dir in höchster Not.
Seitdem wir den Weg gemeinsam bestreiten
ist alles im Gleichgewicht, wieder im Lot.

Und wirst du auch früher von mir gehen
in meinem Herzen wirst du auf ewig sein.
All meine Gefühle, Gedanken und Wünsche
alle gehören sie dir allein.

Glück ist, einen Seelenverwandten gefunden
zu haben.

**Ich bin Betty, 28 Jahre alt und schreibe dieses
Gedicht für meine grosse Liebe Hector.**

Die Besitzerin des Hundes verlässt den Zug. Sie hat Gedichte in ihr Buch geschrieben. Ich konnte sie sehen, traute mich aber nicht, einfach mitzulesen. Ich hoffe, es war was Schönes. Vielleicht handelte es ja von Liebe oder von Glück?

Ich lasse mich treiben in Gedanken und bestaune die Landschaft. Erfreue mich an den Flocken, die vom Himmel fallen.

Beim nächsten Bahnhof steht eine Menschentraube. Gross und Klein stehen sie beisammen und schauen ganz gespannt nach oben. Was es da wohl zu sehen gibt?

Ich recke und strecke mich, um zu sehen, was sie sehen. Um dabei zu sein. Und was sehe ich? Oh Kacke, Mann…

Lilly

Ich sitze hier oben schon eine ganze Weile und keiner hat's bislang bemerkt. Ein paar sind an mir vorbei gehastet zum Bahnhof, sie haben mich kurz wahrgenommen, wie ich hier oben sitze, aber getan haben sie rein gar nichts.

Von hier oben sieht die Welt schon ganz anders aus. Es ist tiefster Winter, alles ist weiss und es schneit dicke Flocken. Ich sitze ganz einfach hier allein und es schneit mir ins Gesicht. Es ist kalt und unfreundlich.

Lange hat keiner mehr nach oben geschaut. Bis jetzt. Der Junge hat angefangen. Er hat seine Mutter am Ärmel gezupft und auf mich gezeigt, ich hab's genau gesehen.

Mittlerweile hat sich eine ganze Traube von Menschen versammelt. Nun starren sie alle hilflos zu mir nach oben, schirmen ihre Augen vor dem Schnee ab.

Der Junge fragt seine Mutter, weshalb ich da oben sei. „Tja, wenn man das wüsste, warum die das machen…".

Hey, hallo da unten! Weitergehen, hier gibt's nichts zu sehen.

„Man muss ihr doch irgendwie helfen können!", dröhnt die klare Stimme eines älteren Herrn zu mir hoch. „Die wird doch wohl nicht springen! Das würde sie nicht überleben!"

Ich sitze hier und meine Beine fühlen sich schon ganz taub an. Ich hätte nicht gedacht, dass das so hoch ist. Von unten scheint das nicht so hoch zu sein.

Alles ist so schnell gegangen und schwups, jetzt sitze ich hier. Ob mich schon jemand vermisst? Wie lange sitze ich hier eigentlich schon? Kommt mir vor wie eine Ewigkeit.

„Holt mal einer Hilfe…", höre ich die Leute sagen.

Nein, Leute! Lasst mich einfach hier oben, ich schaff das allein. Wirklich.

Alle da unten machen sich Sorgen. Ich beginne mich zu regen, da mir ein Bein eingeschlafen ist. Ich zapple ein wenig vor mich hin und aus der Menge ertönt ein Aaaahhh!

Alle halten die Luft an, sie haben Angst, dass ich springe. Na ja. Vielleicht tue ich das ja auch.

Ein kleiner Sprung, was ist denn schon dabei? Wieder kommen neue Menschen dazu. Auch sie starren nach oben und fragen sich, warum macht die das? Warum sitzt die da oben im Schneesturm? Ist die total bescheuert, oder was?

Wie konnte das geschehen? Ja, wie konnte das nur geschehen? Ich weiss es selbst nicht, um ehrlich zu sein.

Ich war rastlos, immerzu, habe Dingen nachgejagt, ohne Erfolg zu haben. Und jetzt? Jetzt sitze ich hier, zur Schau gestellt, hilflos und sozusagen am Ende angekommen. Was für ein übler Tag.

„Wenn die bloss nicht springt!". Die Menschen da unten gehen nicht weiter. „Vielleicht kann man sie ja auffangen? Kann da denn keiner rauf?". Immer mehr kommen hinzu. Ich bin der Star des Tages. Auf einmal. Gestern war ich ein niemand, keines Blickes würdig, aber heute, meine Damen und Herren, an diesen Tag werden sie sich ganz bestimmt erinnern!

Es kommt Bewegung in die Menge. Wieder kommen Menschen hinzu. Einer der Männer hat eine Leiter mit und beginnt nach oben zu steigen. Ich kriege Angst.

Hey Kumpel, lass mich einfach in Frieden hier. Ich kann das allein, echt…

Mit schockgeweiteten Augen starre ich ihm entgegen. Er kommt langsam, aber stetig weiter zu mir nach oben. Bleib stehen oder ich springe!

Mein Geschrei scheint ihn nicht zu beeindrucken. Ganz ruhig redet er auf mich ein. „Hey Süsse, wir können das regeln. Ich werde dir helfen, Kleine, du bist nicht allein". Er hat den Entschluss gefasst, mich da runterzuholen. „Niemand wird hier heute springen, mein Mädchen, niemand. Ich rette dich".

Oh Gott, der Typ meint es tatsächlich ernst. Er kommt immer näher und ich weiche immer mehr zurück. So habe ich mir das Ganze nicht vorgestellt. Geh weg, lass mich bloss in Ruhe, du Knilch!

Und auf einmal geht alles ganz schnell …
Ein beherzter Griff in den Nacken und ich schwebe über der Menge. Kann mich gar nicht wehren, will ich auch nicht mehr.

„Na, meine Süsse? Wohl den höchsten Baum ausgewählt heute, was?".

Der Mann hält mich fest in seinem Griff und wir steigen langsam nach unten. Da werde ich von einer begeisternd applaudierenden Menge empfangen. Sobald sich der Griff ein wenig lockert, ergreife ich meine Chance und trete die Flucht an. Das wird mir nun doch alles zu viel.

Ich renne unter dem Zaun durch in den nächsten Garten unter die grosse Tanne. Und hier bleibe ich. Bis die Menschen auseinandergehen.

Alle scheinen froh und zufrieden zu sein. Man wünscht sich einen schönen Tag und geht heiter seines Weges davon. Das war vielleicht ein Erlebnis! Glück gehabt, kleines Ding!

Glück ist, doch nicht springen zu müssen.

Ich bin Lilly, 6 Jahre alt und mache jetzt erst mal ein Nickerchen.

Der Feuerwehrmann hat die Katze vom Baum geholt. Das ist doch ein toller Morgen!

Die hatte nun aber wirklich Glück die Kleine! Hätte keiner die gesehen, die wäre da oben erfroren. Der Zug setzt sich erneut in Bewegung und ich verrenke mir den Hals, um die Menschentraube ein letztes Mal zu beobachten.

Die Katze scheint schon über alle Berge zu sein. Mach's gut Kleine, und viel Glück!

Eine Frau, Typ Vorsitzende einer Damenriege, betritt das Abteil. Mit hochrotem Kopf und Nordic Walking Stöcken in den Händen lässt sie sich auf den gerade eben frei gewordenen Stuhl plumpsen.

Die verärgerte Katze in der Transportbox mitsamt Herrchen hat ihr Ziel wohl bald erreicht. Sie verlassen das Abteil, verlassen den Zug. Wenn's tatsächlich zum Tierarzt geht heute, dann wünsch ich den beiden auf alle Fälle auch ganz viel Glück!

Die Dame prustet ganz schön, die Backen leuchten mit dem Deckenlicht um die Wette.

Ein breites Grinsen umspielt ihren Mund. Ich würde unheimlich viel dafür geben, zu wissen, was sie so glücklich gemacht hat an diesem Morgen!

Irene

Halb acht in der Früh. Früh am Morgen. Viel zu früh am Morgen! Doch ich habe mir heute eine Aufgabe gesetzt und diese werde ich trotz Schnee und Kälte erfüllen.

Ich schnalle meinen müden Armen die Stöcke um und kann mir in demselben Moment nicht vorstellen, dass mir die kommende Stunde Spass machen könnte. Viel zu früh am Morgen, um Spass zu haben. Die Turnschuhe zugeschnürt, begebe ich mich auf die Strasse. Kalt zieht mir der Wind um die Ohren und ich ziehe ernsthaft in Erwägung umzudrehen und mich noch einmal in mein kuscheliges Bett zu legen. Dem Tag den Rücken zu kehren - Pustekuchen.

Und dann, auf einmal ist er wieder da. Dieser nervende, fiese kleine Mann im Ohr, der mir sagt, dass ich nicht umkehren soll, dass es sich lohnen wird, auch wenn ich es momentan noch nicht sehen kann.

Der Ehrgeiz kriecht langsam in mir hoch. Also gut. Guten Morgen, verschlafene Welt. Lass uns walken!

Ich quäle mich den Hang hinauf, pruste wie ein Weltmeister und meine Finger frieren ein. Wofür das Ganze? Der Weg ist noch dunkel und erscheint mir unendlich lang zu sein.

Ich könnte doch einfach umdrehen, das würde niemand bemerken... und kaum ist der Gedanke zu Ende gedacht, rügt mich der kleine Mann.

Lauf Irene, gib niemals auf, es wird sich lohnen! Also gut, denke ich mir, es kann ja nur besser werden.

Oben angekommen, verschlägt es mir sprichwörtlich den Atem. Ich bin am Ende, am Ziel. Der See liegt im milden Dunst des Morgens vor mir, die Berge winken mir zu.

Ein kleines Gefühl wird immer mächtiger. Das Gefühl, das Richtige getan zu haben. Und dann geschieht etwas, das ich mir nicht erklären kann.

Ich lache und schwinge meine Stöcke. Walken tu ich schon lange nicht mehr. Ich renne. Ich renne mir die Seele aus dem Leib, aus purer Freude. Die Freude am heutigen Tag, die Freude am Leben!

Menschen mit Hunden kommen mir entgegen, blicken leicht irritiert, machen sich Sorgen. Rufen ihre Hunde zu sich und gehen schneller.

Wieso haben sie keine Freude am heutigen Tag? Ich singe und wundere mich, dass mich ein Gefühl so voll und ganz in Besitz nehmen kann, entgegen allem Verstand.

Obwohl doch eigentlich nichts passiert ist. Und ich glaube, genau da liegt der Hase im Pfeffer.

Nichts ist passiert, für das ich Zeit investieren müsste, nichts ist passiert, für das ich drinnen bleiben müsste. Nichts ist passiert, auf das ich meine Gedanken lenken müsste. Nichts, das mich davon abbringt, diesen Morgen zu geniessen. Nichts, das mich glücklicher machen könnte.

Ich glaube, dieses Gefühl nennt sich Freiheit. Die Freiheit, an diesem Morgen nur für mich da sein zu können.

Der kleine Mann im Ohr ist zufrieden mit mir. „Ich habe es dir gesagt Irene", flüstert er mir zu, „es wird sich lohnen". Ja, ja. Ist ja in Ordnung und jetzt halt die Klappe!

Halb neun. Immer noch früh am Morgen. Aber nicht mehr zu früh.

Ich biege zum Bahnhof ein. Ein Lastwagen fährt an mir vorbei. Der Fahrer ist ein Bekannter. Er hupt mir zu und ich winke. Ich lache. Ich bin glücklich.

Der kleine Mann in meinem Ohr hatte Recht. Manchmal darf man einfach nicht aufgeben, nicht umkehren, weil man sich dann um etwas berauben würde, das einen glücklich machen könnte. Manchmal muss man einfach den Mut haben, den dunklen Weg zu durchschreiten in der Hoffnung, dass die Sonne dahinter als Belohnung warten wird.

Ich streife mir die Stöcke ab, steige in den Zug. Mein Lächeln hält heute den ganzen Tag an. Das verspreche ich mir.

Würde ich mich auch so froh und frei fühlen, wäre ich im Bett geblieben? „Nein, natürlich nicht!", schimpft der kleine Mann umgehend.

Ich beschliesse, heute mit ihm einer Meinung zu sein und freue mich, mich aufgerafft zu haben und glücklich darüber sein zu können.

Glück ist, frei zu sein.

Ich bin Irene, ich werde morgen 46 Jahre alt und habe beschlossen, meinem inneren Schweinehund den Kampf anzusagen.

Und so tuckert unser Zug weiter Richtung Ziel. Zwischen verschneiten Bäumen und kleinen Städtchen hindurch.

Ich sehe viele Autos, aber auch Schafe und Pferde und ganz, ganz viele Menschen, alle auf dem Weg, ihrem Ziel entgegen…

Susanne

Ich erinnere mich an die Zeit, in der ich die Susi war. Lustig, fröhlich, unbeschwert. Die Susi, der alles leicht von der Hand ging, die keine Fragen stellte, keine Hintergedanken hegte.

Ich erinnere mich an all die Zweideutigkeiten, die Anzüglichkeiten, die strahlenden Augen, der gespitzte Mund, das kokette Lachen, die gezierte Art.

Ich erinnere mich an den Wunsch zu gefallen, um beinahe jeden Preis.

Ich erinnere mich an all die bunten Kleider, die Röckchen, die Schleifchen, die ganzen Kostüme. Ich erinnere mich an dicke Liedstriche und Laufmaschen, an Komplimente und gierige Blicke.

Ich erinnere mich an fehlgeleitete Prioritäten, eine unbeschwerte, bescheuerte und inhaltslose Zeit. Ohne die vielen Fragen, ohne die unermüdliche Suche nach Antworten. Die kleine Susi, der Sonnenschein, Stimmungskanone. „Social-Glue-Susi".

Das höchste der Gefühle war ein intensiver Blick von dir. Das Wissen, etwas Besonderes zu sein. Aus der Masse herauszustechen, dir den Kopf zu verdrehen, anders zu sein.

Und heute? Einige Tage, Wochen, Monate gar Jahre danach, blicke ich mit Erstaunen und einem amüsierten Lächeln auf diese unwirkliche Zeit zurück. Auf die Kostümierung, das ganze Theater. Susi gibt es nicht mehr. Susanne ist jetzt hier.

Das äussere Erscheinungsbild hat sich dem inneren angepasst. Legerer, seriöser, älter und dunkler. Aber wann hat dieser Wandel stattgefunden? Was war sein Ursprung?

Irgendwo zwischen gestern und heute ist Susi klangheimlich verschwunden. Einfach so. Ob sie jemand vermisst, kann ich nicht sagen. Ich tue es nicht. Und obwohl das Leben als Susi mit den Mitmenschen einiges einfacher war, bin ich dennoch froh, dass nun Susanne ihren Platz eingenommen hat. Die Wahrheit ist ungeschminkt, ohne Rüschchen, trägt keine Kostüme.

Die gierigen Blicke sind verschwunden, die Anzüglichkeiten verstummt. Ernst genommen zu werden, ist ein schwieriges Unterfangen.

Auch dein Blick hat sich abgewendet. Ich bin unbequem geworden. Ich stelle die richtigen Fragen zur falschen Zeit am falschen Ort der richtigen Person.

Die meisten Menschen mögen Susanne nicht. Aber damit kann ich leben.

Wie man es auch immer nennen mag. Entwicklung, Selbstfindung, erwachsen werden, ganz egal. Der letzte Vorhang von Susi-Sonnenschein ist gefallen. Sie verabschiedet sich. Hat es bereits getan.

Glück ist: Sich selbst zu reflektieren, um sich weiterzuentwickeln. Um voranzukommen. Im Hier und Jetzt, für heute und morgen.

Hallo Susanne, schön dass du endlich da bist.

Die junge Frau ist mir beim Eintreten schon aufgefallen. Sie sitzt im Abteil weiter hinten ebenfalls am Fenster.

Auch sie hört leise Musik und scheint die Zugfahrt auf ihre ganz eigene Art und Weise zu geniessen. Und ich denke so bei mir. Das könnte auch ich sein. Als wenn man ein Spiegel hinhalten würde. Gibt es das denn? Zwei Menschen, die sich nicht kennen, die aber einander mehr als bloss ähnlich sind? Die vielleicht gar nichts voneinander wissen?

Irgendwie gefällt mir der Gedanke, dass wir alle zu zweit sind. Einen Seelenverwandten haben, einen Doppelgänger, einen Klon, eine Kopie... man ist dann irgendwie weniger allein.

Ein Jugendlicher betritt das Abteil. Er hat einen Energydrink in der Hand und eine Zigarette hinter dem Ohr.

Er setzt sich auf den leeren Platz und stellt seinen Drink auf den kleinen Tisch am Fenster. Da steht der so richtig prima, bis der nächste Halt kommt und die Dose ihm entgegenfliegt.

Die Kleider stinken nach rotem Bullen und in der ganzen Hektik ist auch noch die Ziggi vom Ohr gesegelt. Klitschnass liegt sie nun auf dem Boden.

Ja, so kann man das Rauchen auch aufgeben. Nun nicht mehr ganz so cool, Freundchen, denke ich bei mir und muss mir ein Lachen verkneifen. Der coole Typ lässt die Zigarette auf dem Boden kleben, schmeisst die Dose in den Mülleimer und klemmt sich eine neue Zigarette hinters Ohr – was für ein Glück, wer hatte noch eine zweite.

Ein weiterer Herr betritt das Abteil, schaut mich kurz an, runzelt die Stirn und geht an mir vorbei.

Auch ich runzle die Stirn und starre ihm nach. Ich kenne den Typen, das weiss ich, aber woher bloss?

Geht Dir das manchmal auch so, dass du Dinge einfach vergisst? Das du Namen, Orte und Begegnungen nicht mehr auf der Festplatte hast? Dass du Neuigkeiten gerade der Person erzählst, von der du sie selbst erfahren hast? Dass du morgen nicht mehr weisst, was du gestern alles gemacht hast?

Ich habe mal minutenlang mit einer Frau geredet, ohne dabei zu wissen, wer sie eigentlich ist. Ich wusste, ich müsste sie kennen, aber woher bloss? Irgendwann war dann der Zeitpunkt verstrichen, um zu fragen: „Ach und verrat mir noch rasch – wer zum Teufel bist du überhaupt?"

Ralf

Wer ist die Frau bloss? Ich werde alt und vergesslich. Manchmal führe ich Gespräche, ohne wirklich dabei zu sein, im Kopf meine ich. Mein Ohr hört zwar zu, aber in einem Kopf ist gerade eine andere Versammlung zugange.

Seltsamerweise reagiere ich an den richtigen Stellen mit „Aha..." oder „Na so was!", oder ich stelle sogar Fragen, die passen! Ohne mir dabei etwas zu überlegen.

Ich stehe dann irgendwie daneben und sehe mich selbst ein Gespräch führen. Phänomenal – phänomenal erschreckend.

Genauso vergesse ich manchmal die richtigen Fragen zu stellen, wenn mich was wirklich interessiert. Und wenn das Ganze dann vorbei ist, ärgere ich mich darüber.

Wieso habe ich das und dies nicht gefragt? Keinen blassen Schimmer! Ich habe es einfach vergessen...

Werde ich tatsächlich alt? Oder werde ich einfach nur blöde? In meinem Kopf tobt gerade ein

Orkan, tausend Dinge, die ich gleichzeitig erledigen und an die ich denken muss. Liegt es daran? Oder bin ich ganz einfach ein schlechter Zuhörer? Kann man das (wieder-) erlernen?

Meine Frau beklagt sich andauernd, ich würde ihr nicht zuhören. Aber mein Gott, das ist so anstrengend! So viele Dinge, die ich nicht wissen muss oder wissen will! Sind die tausend und abertausend Informationen, die uns den ganzen Tag um die Ohren gehauen werden einfach zu viel? Die Ehefau, die Kinder, die Kollegen, Radio, TV, Facebook, Twitter, Instagram, Tiktok und, und, und... und seien wir mal ehrlich; gut die Hälfte davon ist uninteressant, unappetitlich und absolut unnötig.

Beispiele gefällig? Ich habe massenhaft! Irgendjemand hat sich gerade die Nägel gestrichen (wer will das wissen?!), jemand anderes geht jetzt duschen (na, dann ab!), eine Tussi vor dem Spiegel im Bikini (oh Gott, tu das nicht – bitte!), irgendein Typen beim Essen, und, und, und... Too much information!!!!

Kein Wunder, dass da die Rübe mal streikt. Als hätte jemand tausend Klatschhefte auf mein Notizbuch gelegt...

Ich aber habe das Gefühl, dass sich diese Ereignisse bei mir häufen. Wie gerade eben. Diese junge Frau am Fenster, woher kenne ich die bloss? Arbeit? Vielleicht...

Ich bin gerade echt überfordert. Also, was nun? Ginkgo essen, Kreuzworträtsel und Sudokus lösen (alles gut gemeinte Ratschläge meiner Frau aus irgendeiner Frauen-Zeitschrift).

Nichts da! Ich versuche mich stattdessen wieder auf die wesentlichen Dinge zu konzentrieren, Prioritäten zu setzen, zuzuhören und die richtigen Fragen der richtigen Person zur richtigen Zeit zu stellen. Im hier und jetzt sein.

Einfach mal einen Gang runterschalten und für einen Tag die Überholspur zu verlassen. Mal über Land fahren, statt ständig Autobahn. Das könnte klappen.

Und so lege ich die Zeitung beiseite und schliesse meine Augen. Ich habe die nächsten zehn Minuten Zeit, nur um für mich da zu sein.

Was für ein Glück. Die Ruhe vor dem Sturm des Alltags.

Und ich kann mir dabei überlegen, wer denn die Frau da drüben ist…

Ich komm schon noch drauf!

Glück ist, in dieser Welt noch Zeit für sich zu finden.

Ich bin Ralf, 54 Jahre alt und komm schon noch drauf.

Im Fenster spiegelt sich sein Gesicht. Er hat in der Zwischenzeit die Augen geschlossen und ich kann ihn hemmungslos studieren. Er sieht nett aus. Vielleicht ist ihm in den Sinn gekommen, woher er mich kennt und er ist zufrieden damit, oder aber es ist ihm mittlerweile ganz einfach egal.

Ich studiere noch ein bisschen, wer er sein könnte, aber einfallen tut es mir nicht.

Vielleicht kenn ich den ja gar nicht und er sieht bloss aus wie ein bekannter Schauspieler? Richard Gere vielleicht? Oder der Typ aus den Nachrichten?

Guten Abend, meine sehr verehrten Damen und Herren, ich begrüsse Sie zur Tagesschau... nein, wohl eher nicht.

Ich komm schon noch drauf!

Isolde

Das Scheinwerferlicht blendet wie immer. Der Text sitzt, die Perücke aber nicht. Was ist denn heute bloss los mit dem Scheissding?

Philippe verpatzt seinen Einsatz, der blöde Kretin. Ein Mist, dass ich den heute noch küssen muss. Aber meine Rolle erfordert es.

Beruhige dich, Isolde.

Die Vorstellung ist gut besucht, der Saal beinahe voll. Die Leute klatschen. Ich bin gut. Ach, was rede ich, ich bin bezaubernd!

Wenn doch bloss das Leben auch so einfach wäre. Jeder hat seinen Text, seine Rolle und seinen Einsatz. Keiner, der nicht weiss, wo er hingehört oder was er wann zu sagen hat.

Und jeder weiss, wann es Zeit ist zu gehen.

Ich spreche meinen Text wie in Trance. Den kann ich im Schlaf. Apropos Schlaf. Ich wäre froh, wenn mein alter Herr den endlich finden würde. Den ewigen Schlaf meine ich.

Siecht dahin in einem Altenheim, weiss nicht, wer ich bin, wenn ich ihn besuchen komme, redet wirres Zeug vom Krieg und erst seine Haare! Als wenn das so schwer wäre, die ein bisschen aufzuhübschen, wenn ich komme.

Aber nicht mal das bringen diese unfähigen Schwestern auf die Reihe. Haare!

Beruhige dich, Isolde.

Diese Scheissperücke aber auch! Irgendwie sitzt das Ding heute nicht. Es kratzt und zwickt mich, ich könnte schreien!

Diese doofe Maske. Nicht mal das kann die olle Kuh richtig machen. Auch die Lippen musste ich mir noch einmal selbst nachziehen.

Alles muss man selbst machen als Star. Herrgott nochmal!

Beruhige dich, Isolde.

Ich hätte zu hohe Ansprüche, haben sie gesagt. Ha, dass ich nicht lache! Zu hohe Ansprüche! Ich bezahle ein Schweinegeld für dieses Heim. Ist es da zu viel verlangt, meinem Vater eine Vorzugsbehandlung zu geben, wenn er denn schon unbedingt nicht abtreten will?

Also ich finde es beinahe unverschämt, so lange am Leben zu kleben.

Eine Last, jawohl. Eine schwere, unnötige Last. Das ist er geworden.

Ich habe doch keine Zeit! Ich bin ein Star, ich habe Bedürfnisse!

Beruhige dich, Isolde, mein Kind.

Ich singe und brilliere. Hach, bin ich gut!

Und meine Schwester erst, die alte Jungfer. Hauptsache, sie kann ihrem Alten das Essen kochen und das Haus putzen. Und erst ihre Bälger! Lebt im Ausland, damit sie nicht nach Vater schauen muss.

Clever, das Biest, das muss ich ihr lassen. Und so bleibt alles an mir hängen. Zum Davonlaufen echt.

Ach, diese unmögliche Perücke, die treibt mich noch in den Wahnsinn!

Beruhige dich, Isolde, beruhige dich. Du bist ein Profi. Und morgen dann schon wieder. Dieses grässliche Altenheim. Ich frage mich, ob ich ihn überhaupt noch einmal besuchen soll. Er kriegt das ja ohnehin gar nicht mehr mit. Und wenn doch, ein kleines Lächeln und das war's dann auch schon. Ende.

Ich habe echt Besseres mit meiner Zeit anzufangen.

Oh, dieser unmögliche Philippe! Grässlich, einfach grässlich. Jetzt der Kuss. Augen zu und durch! Habe ich denn heute überhaupt kein Glück? Arbeite ich nur mit Dilettanten zusammen?!

Isolde, Isolde. Beruhige dich, meine Beste.

Das Publikum hat getobt. Ich war wieder einmal der Star des Abends. Wissen die überhaupt, was sie für ein Glück haben, mit mir arbeiten zu dürfen? Der Maske habe ich's aber gegeben. Die Perücke falsch rum draufgesetzt!

Falsch rum! Unglaublich! Gottlob kann ich mit meinem Gesicht alles tragen. Ich habe umgehend eine neue Maske angefordert. Sowas lässt Isolde nicht mit sich machen. Nicht mit mir!

Beruhige dich, Isolde…

Et Voilà. Jetzt lasse ich mich erst mal gebührend feiern und genehmige mir einen Champagner.

Und morgen? Tja, morgen bleibe ich liegen und dann gehe ich in die Massage. Das habe ich mir verdient.

Er merkt ja ohnehin nicht, ob ich da bin oder nicht. Der Alte.

Kinder! Isolde kommt! Champagner für alle!

Glück ist die Bühne, das Scheinwerferlicht, der Applaus, die Anerkennung.

Ich bin Isolde, der Star. Ich bin zeitlos, alterslos. Genial.

Die Tante, Typ Operndiva neben mir starrt mich unverhohlen an. Na, noch nie eine junge Frau mit Kopfhörern gesehen, Madame? Sie ist mir auf Anhieb unsympathisch und ich denke, ich ihr auch.

Sie verzieht höhnisch ihre dicken, roten Lippen und seufzt theatralisch.

Vielleicht stören sie die Löcher in meiner Jeans oder mein Lidstrich gefällt ihr nicht? Vielleicht findet sie meine Tasche hässlich, oder ich stiere zu unverschämt zurück?

Ich würde ihr am liebsten die Zunge rausstrecken, aber ich denke als erwachsene Frau geht sowas wohl nicht mehr. Schade eigentlich. Die Jungs von der coolen Omi drüben hätten sicherlich gelacht und ich hätte ganz gerne das doofe Gesicht dieser ollen Diva gesehen.

Was die Schnalle wohl unter Glück versteht? Man soll ja keinem was Böses wünschen, aber es wäre mir echt egal, wenn der nichts Gutes widerfährt.

Der Zug fährt seinem Ziel entgegen. Endstation. Ich habe mal gehört, dass man das heute gar nicht mehr gebrauchen darf, dieses Wort „Endstation". Das sei so endgültig und irgendwie motivierend für Suizidgefährdete... darum heisst es jetzt Endbahnhof. Ja,

wirklich viel besser. Noch Fragen? Keine? Glück ge-
habt.

Ich habe mir in den letzten Minuten meiner Fahrt
noch einmal die Gratiszeitung geschnappt. Was lese
ich da? Reissende Schlagzeilen! Der hat das gemacht
und jenes unterlassen!
Die hat dies gesagt und das gemeint! Wir leben ja
eigentlich schon in einer total hypersensiblen Welt.
Wir machen ein Drama aus allem und jedem. Als
wenn wir sonst keine Sorgen hätten. Humor? Tole-
ranz? Fehlanzeige!

Eine Seite weiter. Gleichstellung. Auf die Gefahr
hin, dass mich alle Feministinnen nun verteufeln.
Hintenanstellen. Nach dieser Geschichte habe ich
ohnehin die Dicken, die Jugendlichen, die Katholiken,
die Protestanten, die ganze restliche Religionsgemein-
schaft und den lieben Gott höchstpersönlich an den
Hacken. Nicht zu vergessen, die theatralisch seufzen-
den Schrullen.
Aber dieses ständige Gleichstellungsding, das
hängt mir echt langsam zum Hals raus. Ganz ehrlich,
ich empfinde es als grosses Glück, eine Frau zu sein.

Ich sage dir ganz ehrlich: Ich freue mich über jeden Gentleman, der mir über den Weg läuft! Ich freue mich, wenn mir einer die Türe aufhält, mich zum Kaffee einlädt, mir die schweren Tüten trägt, mir in den Mantel hilft!

Das freut mich! Ich habe aber auch kein Problem damit, mein Essen selbst zu bezahlen oder dem Mann die Türe aufzuhalten. Sagen wir's mal so. Ich bin da flexibel.

Ich blicke zum letzten Mal aus dem Fenster und denke so bei mir. Wären wir doch bloss alle ein wenig toleranter miteinander und hätten wir doch alle ein bisschen mehr Humor. In allen Beziehungen!

Wären Humor und Toleranz nicht auch ein grosses Glück? Eines, für die gesamte Menschheit, für die Welt schlechthin?

Ein Glück, von dem wir alle zehren und uns daran erfreuen könnten?

Wenn jeder den anderen ein bisschen mehr akzeptieren, und vieles einfach nicht ganz so ernst nehmen würde? Hätten wir überall ein bisschen mehr Humor und Toleranz, wir hätten wohl weniger Kriege auf dieser Welt...

Und auf der letzten Seite noch rasch den Witz des Tages:

Ein Pärchen liegt zusammen im Bett.

Er: „Ich werde dich zur glücklichsten Frau der Welt machen!"

Sie: „Ich werde dich vermissen"

Das passt ja wie Arsch auf Eimer, denke ich mir, lege die Zeitung weg und verlasse den Zug.

Sandy

Die Türen öffnen sich und die Kälte hat mich sofort wieder in ihren Klauen. Ganz vergessen in dem warmen Zug, dass es ja schweinekalt draussen ist.

Ich trotte zusammen mit der lieben Omi und ihren Enkeln, dem rüstigen Rentnerpaar, der verliebten Handy-Tussi, der Opern-Schrulle, dem Typen am Fenster, von dem ich immer noch nicht weiss, wer er ist, der Damenriegenvorsitzenden, dem stinkenden Jugendlichen sowie meiner Doppelgängerin und vielen anderen den Bahnsteig entlang in Richtung Bus. Apropos Bus. Was macht wohl mein Buschauffeur? Ob der schon in seinem Bus sitzt?

Ich bin wie immer zu früh bei der Bushaltestelle und obwohl ich ja meinen neuen dicken Wintermantel und meine Stiefel trage, friere ich wieder. Ich hasse kalte Füsse noch immer und die Lammfellsohlen und Alpakasocken haben auch heute keine wirkliche Wärme gebracht.

Ich schlinge meine Arme um meinen Körper und vergrabe mein Gesicht in meinen Schal. Es wird kommen, ich weiss es, mein Glück.

Was ist es denn nun, das Glück? Ein Kleeblatt, ein Marienkäfer, eine Strähne, ein Sechser im Lotto, den Partner fürs Leben, der absolute Traumjob, Familie, gute Freunde? Was soll das denn sein?

Ich denke, alles zusammen und jedes für sich. Von allem ein bisschen und von nichts wirklich zu viel. Es ist wohl tatsächlich eine Grundeinstellung zum Leben.

Man kann nämlich in den kleinsten Dingen einen Hauch von Glück erkennen und sich daran erfreuen.

Aber wo ist denn nun mein Glück?

Ich steige in den Bus und denke so bei mir. Es ist hier. Hier bei mir. Sitzt mir auf den Schultern, klebt mir am Hintern. Immerzu. Die ganze Zeit. Bloss heute, heute habe ich ihm ganz spezielle Aufmerksamkeit geschenkt. Heute ist sein grosser Tag. Der Glückstag.

Ich lächle und bin zufrieden. Für diesen einen Augenblick, in all den dampfenden Menschen im

Bus, bin ich zufrieden und glücklich. Mit mir und dem Rest dieser alles anderen als perfekten Welt.

Glück ist wohl immer da, wo man es gerade findet.

Ich bin die Sandy. Ich bin die Frau im Zug gegenüber, das Mädchen mit den Kopfhörern, diejenige, die lacht, wenn eine Dose durchs Abteil fliegt, diejenige, die weint, wenn ein totes Kind am Strand liegt.

Ich bin die mit den kalten Füssen und dem warmen Lächeln. Ich bin die Dame, die dir morgens im Büro die Post bringt, die, die gerne am Fenster sitzt.

Ich bin diejenige, die unangenehme Fragen stellt und die, die nie um eine Antwort verlegen ist. Ich bin die Retterin, die dir beim Einstieg in den Zug hilft und die, die ab und zu auch mal selbst gerettet werden muss.

Ich bin die Frau, die mitfiebert, wenn Katzen gerettet werden und die, die findet, dass Toleranz und Humor uns allen guttun würden.

Ich bin die mit dem ganz persönlichen Gott.

Ich bin die, die das Glück gesucht und diejenige, die es gefunden hat.

Ich bin ich. Ich bin viele Zugfahrten und einige Geschichten alt. Ich kümmere mich um meine Mitmenschen und lebe dennoch in meiner eigenen, kleinen Welt.

Ich lebe im hier und heute, verarbeite gestern und sorge mich um morgen.

Ich könnte also genauso gut auch du sein.